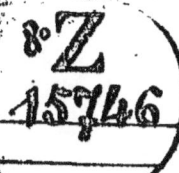

PIERRE JAUDON

L'Étouffement

PARIS

ÉDITIONS DE LA PLUME

31, RUE BONAPARTE, 31

—

MCMIII

L'Étouffement

PIERRE JAUDON

L'Étouffement

PARIS

ÉDITIONS DE « LA PLUME »

31, RUE BONAPARTE, 31

MCMII

Il a été tiré de cet ouvrage :

UN exemplaire unique sur Japon Impérial portant un
emblème propre (hors commerce).

SEPT exemplaires sur Hollande, numérotés de 1 à 7.

L'AFFICHE

La métaphysique ne peut soutenir de ses efforts contradictoires une volonté active;

l'échafaudage de l'architecte mystique supporte les déploiements de vie et régularise les gestes ; — mais je ne puis le voir qu'aux légendes de nuages ;

et j'anime seulement quelques vraisemblables phénomènes.

à la poursuite de la joie de vivre, j'ai traditionnellement découvert les formes dénombrées qui signifient l'esthétique et mes vibrations harmoniques se sont traditionnellement gammées.

à l'issue d'une généralisation que justifient les données méthodiques normales, j'ai trouvé le recommencement du cycle accompli ; l'hymne s'est fait rengaine et des bis, nauséeux comme l'haleine des majorités, ont souillé l'hosannah primitif.

Mon activité, que suscitait l'appel des dogma-
tismes enthousiastes vers une formalisation
propre, s'est percluse en l'enveloppante hyper-
fection du catalogue de la beauté :

collaborer à quelque parcellaire ébauche dont
s'indéfinit la filière de précis et invariables modèles,

crépiter de toutes cellules, après d'innombrables et identiques crises, autant *étouffer* tout de
suite ce double refrain.

Ici paraphe une névrose sacrilège.

CHAPITRE I

L'ORGUEIL

Dans la vie, dans l'or brûlant des véritables dogmes, dans l'indubitable amour de l'être, perçu selon le jeu normal des facultés positives,

se manifesta tout à coup, sans cris, sans frissons d'éther, la Brute symbolique.

Le vol exagéré des rêves battait de larges louanges l'équilibre phosphorescent ; sous le prodige de son génie, l'admirateur sentait frémir les anciens silences et les sommeils étouffés ; seule, la forme neutre, accroupie dans un halo hideux d'être sans dessin et sans couleur, resta figée en son immobilité vide et atone.

Hors de la mort, de la folie, de l'idiotie, dans le sombre et perpétuel déclin des énergies lamentables de foule, de lieux communs, d'indifférence, la végétative réalité s'accomplit mécaniquement. Elle ne suscite ni le bruit, ni le silence. Elle est entière; sans développement, sans atrophie, se prolonge dans le temps, au milieu des troubles des chocs cyclonéens, l'uniforme manière de l'humanité stagnante.

Aux jours d'initiales visions, quánd la symphonie heurta son attention première, son activité ne subit aucun mode nouveau : les trésors dynamiques s'exploitèrent sans révolte en son corps certain ; la béante fascination n'attira point vers elle une seule cellule où pût débuter l'angoisse.

L'histoire des boucles flattées, des presciences héroïques, des éclosions logiques, sifflantes et nues, n'aggriffa point de sa chimère l'enfance libre des questions larges et naïves des yeux, dépouillée des ingénieuses séductions, et seulement capable d'un automatisme rigoureux.

Sa conscience s'adapta aux exigences naturelles des organes; sa raison poursuivit, sans épopée utilitaire, l'indispensable objet de la vie animale.

En de ternes cotonnades, dès la tête cendrée de cheveux arides jusque la tunique insexuée et et les bas rugueux, elle frôla les jeux exubérants, les rages naissantes, les cris des ébauches inharmoniques et géniales ; elle ne sut rien accorder d'elle-même à la force des joies rudimentaires et créatrices associées; son hypothétique imagination ne suggéra point la ligne qui eût accru le plan baroque et grossier du devenir enfantin.

Dès le ruisseau, elle clabauda sans souillures cancéreuses aux jupes, au corps; mais aucune tentation triomphale ne guida son évolution, aucune adolescente pourpre ne flatta sa simplicité pâle et brève.

Elle s'accomplit parmi les régularités lassantes des plèbes embourgeoisées,

aux chants des activités alimentaires éparpillées dans les rues, au placide tumulte des omnibus, musées des crasses impérissables et des frôlements indifférents,

au manifeste ânonné d'une sociologie monotone que n'empanache point l'essor blanc d'un spiritualisme, ou l'audace dressée des téléologies mirageuses, ou quelque nihilisme catafalqual, qui épelle seulement ses propositions de pois verts et de salade, ses notes de concierge, son histoire de feuilleton.

Elle agit dans le réduit sombre des préparations nutritives; sa chimie, qu'elle imita de la science maternelle empirique, odorante tristement, causa des ardeurs sans drame, sans noblesse, sans ignominie, ou des allégresses uniformes, discrètes et nauséeuses.

Elle se figea après quelque influence rapide, inefficace, maladroite, qu'un rudiment de pédagogue essaya sur sa mentalité obscure :

elle fut, dès la tête cendrée de cheveux arides jusque la tunique insexuée et les bas rugueux, la Brute symbolique, l'image de neutralité, plus lamentable que le marécage flasque des corruptions définitives ou le silence noir et hiératique de la mort.

Sa puissance parfaite commença au milieu de la poliade épanouie et claironnante, dont la joie ensoleillée ne sut imprégner sa graniteuse indifférence.

Les falbalas des fêtes sereines sous la réjouissance éployée franche et pure du ciel guidèrent ses yeux comme tous les yeux humains; mais aucune image pailletée de symbole, aucune interprétation ne brilla dans son regard obscur. Les efforts des palais, les tentatives spectrales de divinités primaires, positives, charnelles, l'idéalisme sidéral, la maturité chaude de l'univers frôlèrent son être sans le pénétrer.

Elle exécuta l'acte d'admiration commandée par l'habitude des générations innombrables; elle subit l'endémique louange que l'âme ignore aux enlisements avorteurs.

La loi physiologique imposa la torsade mou-

vante du rut à sa chair normale; une fougue
anonyme, rapide, oubliée très vite abattit sa
virginité amorale, alubrique, combla de brutale exubérance les vœux de sa moelle et jeta son
corps assouvi aux faims passantes et rudes,
qu'elle professa solitairement, indifféremment,
d'atténuer.

Elle fut dans l'haleine trouble de la luxure:

le lupanar incarnat ardait ; des chairs ignées,
une vapeur, saturée de grands vices, s'épaissis-
sait vers les clinquantes limites stellées de verres phosphorés ; le geste des volontés sanglantes
se généralisa jusque la terne médiocrité ; le
sang gicla jusqu'aux lèvres perdues d'oubli, de
fadeur, d'anémie ; le rythme des joies larges,
profondes asservit les sexes ; la bonne sève gon-
fla les énergies vers l'orgueil, à l'étape cani-
culaire,

vers les hiatus dévorants et rouges des vampires, vers la prière de balbutiante perdition.

Toutes, dans la catastrophe de l'épopée, stri-
dèrent l'affirmation d'amour.

Comme un débris calciné, comme un vieux
cadavre minéral, elle fut intacte.

La crise saillit de prodige l'évolution et l'ad-
parence ne se modifia, le regard pierreux ne
s'irrita pas.

« Ses » reins, soumis à l'horlogerie simple et sûre, continuèrent leur régulier déclanchement, tandisqu'entour les convulsions vergeaient d'élancements inconnus les sveltes parures du spasme.

Dans la taverne immense, aux hurlements tziganesques des orchestres, sa retape laineuse et sombre, se traînait sans accablement de pauvreté ou maladie, sans autre disgrâce que celle très lourde des temps certains et réguliers.

D'étranges arpèges, des accords en délire, des trilles frénétiques, la syncope des tons tragiques et l'exubérance des gammes sincères s'unissaient à la ronde symphonique de la taverne, que motivaient, par intervalles, les virtuosités rouges et langoureuses.

La singulière inharmonie, égidée de gris, n'acquit de son unicité aucune force de redressement, aucune suggération de superbe ; sa solitude n'essaya pas l'orgueil anachorétique des larves emburées parmi les trésors solaires des déserts, ou le dédain des froids logismes dont l'austérité s'accorde ironiquement le frôlement des images de lumière, des météoriques poésies ;

elle prolongea son marché de boutiquière dans l'essor ambiant des richesses inosées, les milliards gorgés de splendeur ou les craquements des faillites tueuses ;

sa montre invariable resta, sans honte ou humilité consciente, sans ambition, inerte et pou-
dreuse, pendant que s'ébauchaient les vertigi-
neuses tentatives, les promesses jetées en appel
vers les murs, les cris universels de la réclame
électrique.

Le Beau, adulateur de la passion, en exaltait
ainsi les vicissitudes ; il flagorna tous les courtisans du triomphe érotique, les oripeaux indispensables de la volupté :

elle vit les tuniques suggérées par les désirs,
les coupes limoneuses d'ivresse lourde et savante,
les joyaux fantasques, aux morsures précieuses,
les exemplaires corolles, en immobile rayonnement, les fleurs maîtresses de la joie muette, formules du bonheur unique ;...

elle flétrit de son regard les mûres contempla-
tions des choses ; elle sut, sans que frémissent
ses narines sur les montantes émanations, sans
que se contorsionnât sa force, sans que chavirât
son équilibre, le silence et le vide des attentes
que pénètrent les rages en cataclysmes tour-
billonnants. Les décors s'enhardirent aux insinuations des caresses projetées, dont le soleil, à
l'heure pleine, montre le geste sur la syncope
appesantie des bois roux et l'épilepsie de l'o-
céan.

Les figurants issirent ; la crise disloqua l'être accoutumé. La collaboration de toutes les formes s'éploya devant la Brute, sa conscience ne fut pas exaspérée par les modèles ; aucun bienfait n'assouplit son instinct aux danses révélatrices de la beauté favorable.

Elle continua, dans la vigilante hébétude, la nausée franche et ignoble de sa mécanique intacte ; elle exploita le bock aux marbres des terrasses précises et n'usa pas de son observation les fantaisies mesquines des bières grasses.

Elle accueillit les images, sans que le plomb de ses yeux pût jamais s'empreindre d'autres lignes que celles habituées du schema viril tarifié.

Les flatteries qui osèrent la marchander furent les nécessaires rouages de sa fonction et ne causèrent dans les limbes opaques de son moi, aucune clarté d'orgueil ; — dans sa matière compacte et amorphe,
aucun piaffement de forme.

Elle cristallisa la tragédie convulsée de la douleur en un bloc de vitreuse impassibilité :
un fortuit hommage, dont la souillure fut mal lessivée, la chargea de la responsabilité d'un morceau de futur qu'elle porta sans cri de mater-

nité pressentie, sans promesses passionnées,
sans attendrissement vers le nul où aspirent les
mirages. La bête patiente subit le germe ; ses
flancs s'élargirent sans tressaillir ; l'œuvre de
vie s'élabora dans l'aridité stupide de sa conscience.

Nulle angoisse ne précipita ses rudimentaires
concepts aux demains merveilleux des rêves ou
son sang plus riche vers la perfection de la chair
prochaine ; aucune haine n'étrangla la gesta-
tion, ne prépara le mélodrame faubourien ;

l'unique veulerie indispensable de l'organisme
parodia la langueur des mères débutantes, réci-
piendaires au seuil du sacrifice fécond qui prolonge indéfiniment l'humain.

Parmi les fades objections à toute intimité,
parmi les reps égoïstes, les velours grenats
étrangers et durs ; dans un lit froid et comme
inconnu ; dans l'air inapproprié par un parfum
précis, imprégné des sollicitudes pénibles et
temporaires de la chirurgie,

La larve se révéla au bruit sec des lavages
indispensables, des refrains thérapeutiques psal-
modiés par un homme rapide et distrait, des
amitiés glaciales, circonstancielles, qu'une curio-
sité extirpa de la loge pour une publicité
locale.

La supplication de la force précaire fut exau-
cée : les soins logiques assurèrent des ouates à
sa fragilité ;

mais le possible vagissement de l'âme en
quête spontanée d'autres caresses que celles
inémues des linges stériles prolongea vainement
sa pitoyable mélopée :

des yeux desséchés, des yeux de plomb,
aucun reflet ne se propagea vers l'enfant pour
envelopper sa divinité du geste lumineux
d'amour.

La romance de bonne aventure, que les ber-
ceuses attendries répètent aux minutes de songe,
n'anima point les lèvres incolores, n'adapta un
instant l'attention dure et pratique aux légendes
enjôleuses des bonheurs lointains.

Le rire vierge heurta son jeu limpide aux
parois sans écho : des plaques indécises de mur
sans lueur de luxe, sans ombre austère ou nudité
hiératique ; des cloisons tapissées de coutume
médiocre que frôlent seulement les regards
perdus impuissants à servir les vraies images ;
sur les cloisons, les souvenirs encadrés de quelques exploits vulgaires, installés par le calcul
du logeur, hors du respect ou de l'ironie, en
vertu d'une tradition indiscutée. Cette éclosion
de joie neuve troubla l'indifférence du logis.

L'exigeance de ce corps inattendu ébranla la norme budgétaire :

c'est pourquoi, un matin de saison lente, sous le dôme limité des nuages, la Brute parvint à l'administration régulière et troqua le fruit mûrissant contre un papier, résidu des travaux languissants et arides, émanation plus harmonique de cette neutralité irrémédiable.

Elle revint aux procédés fructueux ; elle rétablit, sans dérision, le barème de ses délires et attendit l'occasion de ponctuelle et mercenaire volupté dans l'échoppe nettoyée du souvenir luisant et sain de l'enfant.

Un hasard de reins douteux, de correction mal sanglée retarda la clientèle nécessaire.

Elle tomba peu à peu vers la misère perfectionnée des carrefours et des bouges : dans les chancres suintants, les pourritures instituées, les plaies rampantes des crimes contagieux et les éruptions purulentes des haines absurdes ; dans les décompositions progressives des âmes latentes, les gourmes intarissables des tentations fatales,

se perpétua l'insensibilité sous la croûte protectrice des tares sèches.

Dans le charnier putride, elle rampa sous le rouge ulcéré des syphilis et des meurtres, et ses yeux de plomb ne crièrent pas les affres sanglantes ; ses muqueuses opposèrent une glabre carapace aux lividités molles et moites du mal.

Les faits divers enroulaient leurs préméditations sinueuses autour de son inaction et jamais les relents d'horreur, les vapeurs lourdes de viol, d'inceste, de parricide, le ferment chaud des fièvres d'angoisse ou des enthousiasmes monstrueux ne purent dresser sa guenille, en mal de vengeance pathétique et grotesque

vers l'holocauste.

La blancheur calme et purifiante, ou les torsions en sanglots des charités issues des morales enchâssées au milieu des mystères ou des théologies, — la fougue salutaire d'altruisme : une profusion de soleil véridique accordée par l'été des grands espoirs sociaux, l'épopée rationnelle et vibrante des solidarités tangibles développèrent l'apaisante pitié sur la gangrène envahissante.

La morphine de bonté s'insinua dans les replis purulents ; l'anesthésique que savent seules les compassions héroïques étouffa l'esclandre, pesa de toute son hébétude sur l'hystérie que roulaient les brûlots et les tubercules au centre des tournoyantes déchéances.

Isolée en son inaptitude absolue, Elle n'éprouva

point les fluidiques influences qui dirigent les pa-
lingénésies aurorées ; — ou bien, démarquée sans
remède par son adaptation complète aux boues
épaisses du lieu commun, Elle transmit la manifestation de la piètre ordure : le son grossier de
la tentative populacière subit, à travers son
presque-moi, l'unique et fruste modulation qui
s'exhala lente, traînante et vide.

Un jour de prudence active, Elle fut chassée
du repaire ;
elle reconnut les routes oubliées ; elle marcha
aspirée par la cime où jaillissait une lueur de
dieu !
Elle accroupit sa supplique au seuil de l'idéenne
Beauté.

Depuis lors, au péristyle du temple gît sa
dureté : aucun attendrissement; aucune émotion;
le figement exact seulement. La géométrie familière des rides banales rassemble peu à peu sur
sa face tous les exemples théorématiques;
et toujours, dès la tête cendrée de cheveux
arides jusqu'à la tunique insexuée et les bas rugueux, Elle reste — au contact même des formes
métaphysiques, — la Brute symbolique, l'inani-
mable Neutralité !

Le prodige s'élargit autour d'Elle ; la cohésion

des synthèses préparatoires, avec tout l'attirail
des expériences vérifiées, s'enthousiasme à la cantilène radieuse du jour. La preuve scientifique
large et confiante objecte tous les palais : les
suites progressives des granits et des marbres
basent l'essor de l'évolution, et maintenant les
vertiges mécaniques qu'affermit le calcul certain
portent le dernier argument : l'annonciation cou-
polée de « hourras » solaires de la toute-puis-
sante chimie !

La Ville projette sa certitude éclatante vers
la cime où s'oppose une lueur de dieu :

l'autre vérité enflamme toutes les prières de
foi que figurent les cierges en témoignage et
les croyants auréolés. Au travers des violets
mystiques se promet l'unique vision, dont le
manifeste d'effluves spiritualistes s'irradie en
psaumes, en reflets inéprouvés.

Le sanctuaire s'embrase en face des efforts du
ciel positiviste ; les pierres secrètes et les obscurs mirages des vitraux s'imprègnent du phos-
phore surnaturel,

et, sans initiation, sans subtilités de symboles, de leur ignition crépitante, proclament
l'adorante image d'Eternel.

La splendeur des affirmations dogmatiques
s'ébrase ; le Beau, en son intégrité, triomphe ;

la Brute accroupie, libre de la définition des lignes et du temps, bave d'insignifiantes rengaines : les hymnes proches que ses lèvres ont neutralisés ;

offre une attention idiote et ronde : les signes proches que ses yeux ont neutralisés ;

La Brute vit : l'être proche, en apothéose, que son impuissance a étouffé.

Devant la prostration terreuse de l'énorme et collective Brute, l'orgueil de Pierre se dresse sur l'autel élaboré par le grand rite esthétique. Les reliquaires, où veillent les précieux respects, les divinités conciliables·se ravivent à sa rayonnante admiration.

La vie empanachée monte ; tous les actes de feu s'unissent : les bases de louanges se gonflent et portent plus haut le grand-œuvre où se confondent les exploits de la nature et les artifices des hommes.

Le travail essorant des formes définit la joie du Beau.

La pieuvrale étreinte d'enthousiasme tord le voyant en un effort harmonique. La bolidique invention éclate en son génie, improvise le geste nouveau qui hommagera le dieu :

le mensonge des métaphysiques s'élèvera
en signes marmoréens : la chimère de foi cra-
chera la fumée des machines de luxe pratique ;
les vérités expérimentales, compactes, serviront
à enclore les plaisirs négateurs ; le doute fera
bâiller l'huis de son rire ;

et dans ce dédain s'indulgera la douce et
féroce luxure...

Le mensonge des métaphysiques enveloppera
le palais de l'homme...

CHAPITRE II

LE LARCIN

Le mensonge des métaphysiques enveloppera le palais de l'Homme !

. . . .

Le rêve commençait dans la chambre humiliée par la splendeur imaginée.

Autour de Pierre, beaucoup de mélancolie que vint endolorir l'orgueil du palais humain : la triste douceur des souvenirs familiaux avait imposé aux meubles une attitude démodée ;

toute la vie des choses anciennes persistait :

Le sommeil des calmes et longues nuits, le repos gras et paterne des êtres simples : un lit copieux en bois luisant... Des songes monotones de chasteté, de joies naïves, de douleurs discibles hantent le grand lit, qui s'étale puisqu'il est l'essentiel du lieu.

Point d'apprêt ; une simplesse de bonhomie,

et, côte à côte, la paillardise gauloise d'une table.

C'est l'ordre imposé de bestialité repue.

L'immobile sommeil s'offre chaste et froid; l'oubli long est un vol, un mensonge de celui qui dort dans ce lit : on ne doit pas oublier ; il ne faut pas que la mort soit pressentie et désirée, au soir de solitude lasse, devant le blanc sinistre ;

il ne faut pas la détresse de la volonté après les tentatives hyperboréennes, l'effroi des choses hostiles et la certitude montante de l'idiotie des actes ;

il faut l'œil vide, la bouche sèche et nulle soif, le corps stupide, le cerveau très méprisé ;

il faut l'inertie après le cri des muscles, l'homme entier gourd et inconscient.

L'anomalie n'est point admise aux cauchemars tolérés : récits monotones des jours lents, cahotés par les chemins de nuages vers le réveil salutaire, cela seulement est permis ;

or des griffes involontairement épouvantent, malgré la défense et le dormeur voit parfois des monstres sur son plaisir calme ; — il oublie la peur comme une blessure guérie.

La quiétude de l'âme simple est couchée sur le grand lit roux et blanc.

Des idylles peuvent fleurir chastes, chloro-

tiques comme toutes les vierges : les idylles sont
les vierges qui gardent un symbole vain dans
l'imagination des hommes. Elles éclosent tôt ;
elles ont des mains douces de corolles attendries ;
les ordres de leurs yeux sont aimables ; de leur
lyre d'argent, de leurs yeux glacés de pâleur
bleue, de leur chair naïve, de leurs cheveux
jamais mûrs, monte une chanson invariable et
fraîche comme le chant limpide des sources ;
l'histoire unique charme parce qu'elle est inouïe :
il y a des fleurs faciles et prudes, des bêtes sain-
tement frôleuses et des amours impossibles.

Les vierges caressent les âmes de leurs chansons et de leurs mains froides ; elles caressent de
leur pureté. On les accueille loin des baisers
sanglants ; ou bien on tue les filles bleues que ne
viole aucun regard ;

leur frisson anime l'air autour du lit.

argent glacé des parures enfantines ; désir
d'éternelle et lointaine faiblesse ; rêves pieux
éclos, après l'acte humain, en l'esprit des mères...

Les ambitions autorisées sont sèches et gla-
bres : l'officiel bonheur s'offre en des classes où
se gerce la franchise ; joies d'écoliers laborieux:
une croix, un diplôme — du chiffon apporte la
mauvaise gloire à la poitrine inaccoutumée. Le
premier frôlement de la fierté pernicieuse se

prolonge et le carton enluminé fixe, pour le souvenir lointain, l'heure de sottise.

L'envie conseille les combats, l'antipathie.

En des amphithéâtres cela recommence ; il manque de plus en plus la grâce de l'imbécillité.

Le chiffon éclate mieux parce qu'il est plus ridicule.

La joie naïve de la mère purifie ce bonheur : elle est belle de foi devant la force triomphante, au milieu des masques de fête. La mère ne voit pas le mensonge ; le grotesque des dominos pédagogiques n'apparaît pas quand les pitres sont assis : il y a du rouge sur du noir : de la science altière après le labeur patient ; il y a du violet : le mystère des laboratoires d'intelligence où fut fabriqué le diplômé.

Aucune appréhension des folies du hasard et des haines rivales.

Plus tard la correction nécessaire à un emploi très admiré : quelque mathématique redingote, une galanterie d'ingénieur et des discours sévères à des inaccoutumées au rire tumultueux. L'enthousiasme obligatoire anime la danse classique dans le salon bien paré ; les lumières aveuglent aux places imposées par une coutume despotique ; les chants de quelques sots se substituent aux possibles allégresses ; on accueille les délires consciencieux.

Là s'élaborent les unions sévères et logiques. Et la mère, — celle des idylles pures, — sourit de plaisir parce que l'on tue le rêve qu'elle avait voulu.

L'inconsciente cruauté des mères s'épanouit dans les salons incandescents.

C'est d'autres fantoches qui se révèlent faiblement : l'apaisement des désirs nécessaires de vie saine, le bonheur dérisoire des fêtes périodiques, une foule de paroles immuables, du rire plat, l'abondance indigeste, — et la chute dans le noir et la solitude.

Au retour, parfois, un peu d'énergie reste aux nerfs par la vertu d'une boisson ; et très mal, par tolérance de la honte orthodoxe, qui se voile, l'originel péché s'accomplit dans le silence et la hâte.

Il y a des siècles en effet que l'on a dit la parole d'anathème contre l'acte humain ; la foule a écouté les maudisseurs. Depuis lors, par les villes où grouillent les bas désirs courent les folies qui voulurent accaparer le spasme unique : il y a des vols frénétiques de liberté au-dessus de leurs yeux qui épouvantent les hypocrites et les impuissants volontaires ; les pauvres filles de

joie tremblent de pudeur devant elles ; celles de
l'idiote sagesse se détournent.

La chambre de sagesse où rêvait Pierre
ignora d'abord le frôlement du mythe. Elle
connaissait la souffrance terne du labeur in-
fécond : les yeux que nulle flamme d'activité
ne maquille, que nulle illusion ne charme, regardent sans vie manifestée, comme des bêtes
glauques mortes, les livres gras et le papier favorable aux résumés de mensonges scientifiques ou
d'anachronique littérature. Les dictionnaires
poussifs soufflent la mauvaise et jaune haleine
des ressuscités inféconds ; et les mains se flétris-
sent comme les feuillets des livres.

Du froid, du terne, de l'inutile, pétrifiés par la
tradition.

Le souvenir mélancolique du rêve maternel
permet peut-être la vie dans cette chambre : la
piété filiale tolère une caresse dernière, malgré
l'indépendance désirée : un inconscient attentat
à la raison de Pierre, un peu de la frayeur et de
la faiblesse endormies : un bénitier. L'image de
superstition n'est point dangereuse car le supplice de vermeil n'est pas douloureux, étalé pom-
peusement sur le velours rouge, l'agonie du Christ
est douce comme un sommeil bienfaisant, le lit
doux comme une caresse de fille. C'est la foi pai-

sible des enfants et des femmes ; il n'y a pas d'angoisse dans les yeux du crucifié ; sa bouche n'est pas tordue par le rire douloureux.

Le respect de la coutume antique, l'inconscience du mensonge obstiné transmis par la tradition criminelle aux âmes qu'affaiblit la crainte imprécise de quelque mal, nulle révolte, car l'erreur n'est pas détruite: un Christ doré endormi sur la lascivité rouge du velours... un symbole de tendresse.

Ainsi furent figées dans les formes naïves, les médiocrités, les frêles grâces, et les laideurs douloureuses.

Mais, après cet aspect immobilisé, des actes et des rêves neufs vinrent détruire la paix première :

les visions de la rue ont heurté le vieux culte ;

l'aphrodisiaque de carrefour ; la peau de soie noire brillante sur le caprice des muscles, la volupté des mauvais fards, les mensonges du mannequin svelte commencèrent le bouleversement du temple.

Il y eut,—immobiles d'abord par dédain stupide et atrophie du désir, — des bouches, les sinistres bêtises enluminées des bouches ; puis l'anomalie d'un sourire enfantin après quelque discours pénible et nul, et le creux plâtré de la fossette adulée comme un autre sourire.

Des tentatives s'ébauchèrent avec peine :

celle des cheveux vers une gloire de fantoche :

une fantaisie multicolore ; des rouleaux comme des reins cabrés de chevaux ; le mystère des bandeaux lourds. Le casque s'appesantissait sur le front impérieux, entêté, comme la bêtise des guerriers ;

il porta le panache de guerre : une crête, la forfanterie d'une crête d'oiseau criard.

Cela brilla comme la bravoure luisante et dressée d'un sarrasin. Ce fut un éclat de légende, l'or pâle du cimier de Lohengrin, l'or chétif d'un songe sur la faiblesse des yeux transparents, l'effort vers une apparence d'astre. Par la grâce d'une teinture, il y eut, comme des tragédies, du sang sur peut-être de la volupté.

L'exploit d'une charge royale dessina un diadème au front impassible. Le signe de la fortuite puissance s'érigea sur la petite tête vide et blanche.

D'étranges fleurons ont germé et la richesse ostentatoire des pierres parsemées sur le normal diadème semble soutenir le signe extrême et synthétique : point de globe, point de croix; point d'aigle ; l'aigrette vaniteuse, cliquetante de toutes ses perles, de tous ses aciers au vent chronique; une écume nulle en jet; un peu de parasitisme moussu, inutile sur l'impuissante gloire.

Royauté par la veulerie des amants, par les mains tremblantes, par les louanges en formulaire, par les chansons et les hymnes, par l'or insistant, généreux, faux ;

seulement des cheveux de femme.

Le sacre somptueux de la chair se fixe en un signe mystique : le martyre sanglant, la rigidité parfaite vers l'acte, le sacrifice lumineux des désirs valurent l'auréole : un frôlement d'idole, un écho des chants d'adoration, un verset du psaume d'amour,

de l'or, de la joie, des angoisses obscures et des sérénités d'azur ;...

seulement des cheveux de femme.

Puis l'effort des yeux : un mirage triste s'enfuit comme à travers les automnes fauves et l'on poursuit la glauque apparence ; la perversité des mares stagne muette et fermée ;

la mélancolie palustre est déchirée parfois par la force rouge du soleil ;

l'attitude unique réapparaît : de l'oubli nocturne avec le rêve blême de la lune.

Phosphorescents d'attendre pour guider le désir, ils hantent obstinément ; ils s'élargissent ; provoquent au geste, à l'acte sanglotant ; les étoiles chimériques s'obscurcissent du violet anormal qui alourdit leur cerne de plomb, et l'étreinte du métal étouffe l'appel des phares étranges vers la passante promesse d'une vigueur inconnue.

L'invulnérable joyau recommence son offre vaine.

Il vit comme le songe incertain...

Une férocité ensanglante la beauté : un triangle cruel comme un fer de guillotine, magique par la vertu de ses trois angles ;

la blessure anticipée d'amour, la constante pâmoison, le *sexe* immuable. C'est l'inusable victime, atroce ; la violâtre douleur du froid sanctifie d'un peu de mystique le cœur immolé des lèvres.

Elles sont closes sur des chants lubriques et rouges, sur les caresses hâtives, sangsues palpitantes et dorées, sur la flamme permanente d'hystérie.

La bouche tremble de sentir le frisson intérieur,

la bouche couleur de rut.

Les machines à paroles jettent la sottise : les hymnes, les fantômes de cauchemar, les cadavres de rêve...

Les sons francs, nus, sont pitoyables ; les lèvres prodiguent cette humiliation.

Pierre apporta dans la chambre hostile les

pauvres hymnes rabâchés : des mannequins
parés de médiocrités laineuses, déteintes ; des
bras éperdus s'agitaient et des stupidités de
cœurs, généreux comme de statues catholiques
s'abandonnaient.

Des piqûres brèves de rire : la gaieté ; l'épouvantable douleur des amusements avortés. Ensuite
le cri, — le grand désespoir du sexe : un pauvre
soupir rauque, enroué, étouffé par la languissante mélopée de honte bourgeoise.

Le rut somptueux : un jour, le vieux lit, austère comme un couvent, fut violé par un rêve :
des houles de chair, de seins lunaires, de cheveux lourds ; des caracolements de cuisses ; des
caresses lentes d'yeux, des jets lumineux de
langues nues ; des frissons phosphorescents
comme des éclairs, des extases de lèvres et de
sexes...

puis la noire présence des choses accoutu-
mées.

Dès lors des attitudes héroïques dessinèrent
mieux le corps du maître ; les boucles enve-
loppèrent de souvenirs romantiques le front
blafard et les yeux éteints ; le deuil chimérique
du rien imposa de lugubres cravates...

Ce fut le temps des lectures, des visions
soyeuses et tristes, des musiques découragées ; la
chanson de la vieille femme tourna sa mécani-

que quotidienne pour la cadence des longues
enjambées de poitrinaires sonores lugubrement
comme des voûtes d'église ;

Ce fut le temps des chastes désirs, des lâchetés pudiques, des timidités laides ; l'âme se gonflait comme une grotesque baudruche ; sa bravoure était celle d'un gendarme de papier ; son
geste était triste comme le chromo classique de
quelque Louvre officiel.

Des nauséeuses traditions surgit une forme :
les pleurs pâles des pauvres tresses entouraient
une tête terreuse, cendrée par quelque rite placidement ennuyé, douloureuse par la frigidité
des lèvres.

La fatigue des chastetés creusait plus gris le
trou des yeux. Le préjugé criminel, qui adultère l'amour pour le rendre inaccessible hors
d'épopée, dérobait toute apparence de vie. Le
corps se raidissait en ex-voto hideux.

Vers ses yeux de sérénade, vers sa sévérité
brumeuse, Pierre chanta comme une mandoline
mécanique le refrain de tendresse ;

le jardinage frais de ces puretés roséennes fut
un présent rare — vraiment — au monstre d'impuissance virginale.

A côté de lui se précisa peu à peu l'horreur
des parcelles de chair éparses dans la vie de

Pierre, pour ses yeux nouveaux : l'imitation des jardins et des musées ou des tolérances pitoyables:

un être désarticulé pour ne pas dérober un coin de frisson ;

le rire abdominal immense du spasme pressenti.

De misérables audaces effacèrent les débris naïfs qui gardaient de l'enfance à la chambre : le premier aspect des velléités passionnelles fut une paillardise monacale et voltairienne, voilée de tendre, cernée de jaunâtre vieillesse, une histoire d'aïeule tremblante et ridée, ressuscitant les mouches, les caresses en dentelles et la parcimonieuse hygiène du temps passé.

Académiquement, il fallut admirer le souvenir gras et potelé du lit actif, d'un quart de cuisse, des seins ponctués de baisers carminés, de roses sourires. Pierre fut respectueux de l'auréole décernée par les maîtres admirateurs.

Une sage frénésie animait le torse de la marquise; la petite maîtresse savait la bienséance et qu'il est possible de mesurer le rut à l'aulne ; son effronterie était correcte : de matrimoniales débauches pour un regard matrimonial. La poitrine osait une nudité guindée, comme en quelque salon de marchand ou d'ambassadeur. Une pâmoison badine troussait la gueule: une extase de derrière l'éventail. La main, parodiant une Vénus inerte, mordait des ongles le fard du sein ;

mais les récits enguirlandés, les royales maîtresses et les rois malades d'amour, les galants, les soubrettes, Marivaux, Ninon, Richelieu, la Dubarry et tous les Goncourt d'aujourd'hui imposaient à Pierre la petite pruderie.

Un choc offusqua ces grâces : un vice anglais jaillit à côté de la tendre gaillardise, comme la moquerie d'une adolescence laiteuse vers quelque décrépitude :

Un hoquet des reins s'empourprait sur une invraisemblable grisaille. Le profil rouge, en émoi, semblait un mouvement de crime. Le spasme illusoire de ce costume-tailleur rouge s'éternisait sur l'inévitable brume vide.

Le rictus du grand caillot rouge criait un appel au milieu de l'artificielle et pâle fatigue du visage nul. L'orgie bavait son boniment de fard glaireux ; la réclame des nuits s'affichait en lourde bleuissure autour des yeux. Un remous torturait le ventre. L'énorme ventouse s'élargissait.

C'était le schema de la volupté banale.

Un panache de fête publique crépitait, dont une femme nue crevait la transparence. Elle se dressait au cœur, comme un pistil, ainsi que des trappes habiles surgissent les effrois cabotins.

C'était toute la nudité de Pierre. *Ces* deux formes subissaient les rêves adolescents, les désirs vermiculaires.

Il y eut ensuite aux murs d'irréfutables bravoures, des garanties de virilité : les cruautés usitées aux épilepsies dernières.

Vers cette hospitalité — dès lors parfaite — fut conduite une âme vierge et glacée, qui écouta la tentative de psaume : il parla comme les mauvais livres ; il fit défiler les rituelles pitreries.

Quelle limpide caresse d'azur catholique sera jamais plus douce que le regard hébété de cette fille ou la chanson de Pierre vers l'idiotie paisible de ses yeux.

La chanson assouplit la maigreur lymphatique, choyée par les tisanes provinciales, gemma les mains sèches et la bouche décolorée...

Cette virginité tranquille exhala son parfum fade, fait de prudes décoctions : des versets de conseils matronaux, des promesses de lys, des notions d'idylle claustrale, des baisers de cornettes — tout cela infusé dans une conscience indécise comme les faibles nuées ;

un refus net, glacial ainsi qu'une illusion chlorotique sur le voile des filles de Marie.

L'âme qui s'élaborait dans l'humble temple flatta sa douleur de psalmodies choisies.

La vanité qui dressait les armes bleues suggéra le dessein d'une mort damasquinée ;

mais l'émolliente complainte s'attendrit encore :

des feuilletons, des faits divers rongés par l'usage, des illustrations lavées par les rafales ;

une automne trop rouillée, trop agonisante.

Un élan de luxure brutalisa la pureté larmoyante :

le vice écarlate enseigna l'orgueil des nerfs savants et des muscles durs ; son profil jetait un sarcasme aux pleurs ridicules ;

le bonheur ondulait l'offertoire câlin de la marquise ; la vérité d'une femme grandissait hors du mystère des flammes.

Pierre proclama sa volonté nouvelle et sacrifia les besogneux devoirs :

un vol de râle, un jour lugubre, dans un égout de baisers pourris. Quelques paroles difficiles avaient hâté l'union que prépara mieux l'intimité d'un fiacre décharné, rongé de plaques grises qui crachaient une poussière lourde d'odeurs tueuses.

Les nuages, désespérément, frôlaient, de leur lugubre folie, la fenêtre mal close ; ils tournaient en rond pour étourdir la conscience de Pierre.

L'hospitalité de la case étroite et nue permit la violence nécessaire. D'un monceau de linges roides, de draps, de cuirs, entre lesquels, çà et là, un coin de chair, du roulis de l'informe vie au milieu des pourritures blêmes du lit, sortit enfin le râle court.

Elle fut asservie — par quel triomphe !

La ronde des nuages continuait — comme de malandrins autour du paquet honteux ;

Et Pierre s'enfuit sous la bénédiction mortelle de la nuit naissante.

Le fortuit accueil d'une imprécise amitié provoqua le labeur de flatteries, de thé, de récits neutres.

Ils voulurent l'acte épique, de toute leur chair.

Mais la défaillance des premières décisions de franchise offensa l'amant et l'engourdit dans une rancune enfantine. Les paroles d'hier, reniées, furent de rodondantes réminiscences, en face des actes modestes.

Une décence odieuse maillota la lubricité promise ; la luxure étouffa ses cris, marchanda tristement un peu de fièvre...

Le vice rouge se tordait de satire au-dessus de

l'œuvre nulle ; le nu flambait dans la gloire
inéprouvée du délire, devant l'avortement idiot
de ce baiser ; les armes viriles offraient impec-
cablement leur attitude d'énergie et de bravoure.

Le soubresaut de la courte folie du sang et la
ritournelle monotone de l'enthousiasme sentimental s'associèrent en un souvenir gémissant
que ravivaient des lâchetés périodiques.

Plus tard, la syncope, enfin, gesticula ; la sin-
cérité des maîtresses commençait,
mais tout à coup une honte oppressante et du
rire convulsé, parce qu'un rêve neuf, que son
immensité rendait mal visible, imposa sa puissance à Pierre.

C'était un monstre incrusté de gloire et raison-
nant, comme le colosse antique, de tous les chants
de louange qu'il avait accueillis depuis l'aube
imprécise du temps humain. Le faste de sa majesté était fait des cris aigus et précieux des
gemmes, des murmures lents de tous les velours,
des joies mystérieuses des moires, des généro-
sités luisantes des brocarts. Des érections archi-
tectoniques, le délire des harpes d'or et des
cataractes, l'effort des couleurs factices et des

apparences naturelles, les actes de lumière et d'azur, de joie rouge, les douleurs, la folie des mots ornés par les esclaves-poètes :

un cortège consacré par l'habituelle humiliation, des gestes sanctifiés par l'hommage spontané des descendants dépouillés du libre examen :

un cortège solennel au monstre.

Une lueur artificielle mettait un voile d'or sur les reprises dont la vulgaire morsure rongeait sournoisement la fierté des oripeaux. Sur les ulcères qui rampaient le long des éclairs permanents de richesse l'or menteur plaquait une pureté célébrée. Le fard adaptait de la jeunesse au visage rectifié par de subtils stratagèmes.

La face changeait plusieurs fois de forme, comme un appareil habile de réclame : une rectitude froide des lignes brusques et droites, des boules de force aux muscles ; puis un sourire étrange ouvrait la bouche, du désir gonflait les narines, et lourdement des baisers de fatigue fermaient les yeux ; ou quelque absurde ignorance des idées communes souriait aux angoisses mesquines ; ou bien le mal fabriquait une douleur pathétique, puis un remous furieux de passions, d'idées, de désirs, de transes tourmentait les formes dociles...

3.

à chaque décor, des ficelles oubliées pendaient ;
des plaques de couleur trop hâtivement renou-
velées hurlaient le neuf inharmonique ; des
taches livides de bacchanale, des horreurs vi-
neuses, d'anciennes vomissures mal lavées par
des couches récentes ou transparentes à travers
les labyrinthes indéfiniment identiques des sou-
taches, des tares, confiantes en la faiblesse des
yeux humains, se campaient sans pudeur, partout
sur le monstre.

Des colonnes d'encens s'appesantissaient autour
du triomphe. L'adoration copieuse des créatures
ébauchait un immense portique vers les nues.

Pierre, se mêlant à la foule, joignit ses prières
bleues aux autres semblables qui montaient vers
le maquillage sacré.

Une grâce daigna flatter son attente : il mé-
rita, un jour, l'indulgence de l'idole. Il ajouta
un joyau au cliquetant appareil de la Beauté. Il
s'approcha pour enchâsser son offrande dans la
griffe du chaton préparé ; le scarabée qu'il donna
s'adapta au moule traditionnel ;

Dès lors, Pierre souffrit de sa tentative car il
avait discerné mieux le grand fétiche : il avait
vu des lambeaux d'horreur et comment le mensonge toléré des projections masquait les flétrissures ; il avait vu les préjugés, associés en

une difficile trame, s'illuminer comme une loi nécessaire ; il avait vu quelques cabotins du cortège porter de vieilles erreurs sur de pieux coussins.

Il avait voulu distinguer les reliques, les colliers, les bagues ; il n'en trouvait aucun essentiellement différent des autres. Quand il contemplait de très bas, le gorgerin semblait violet, la tunique blanche, la chape d'or écarlate... parce que des jets violets, blancs ou glorieux sectionnaient l'unique beauté.

Le monstre vivait pourtant depuis le premier souvenir, sa divinité emplissait les imaginations érectiles ;

Pierre crut à l'autre aspect prochain. Il attendit la manifestation de l'autre geste.

C'est alors qu'il lacéra de son rire les rêves emphatiques qui s'entassaient dans sa *vie lente* : le futur, libre de l'affront atavique, devait avoir la pureté des vierges parfaites.

Les anciens se lamentaient dans son cerveau comme les ex-voto frangés, décrépits d'un culte mort ; ils tremblaient de vieillesse et de nuit.

Ce devint un lupanar pour les esprits enrégimentés où les catins molles, lourdes, proposaient le puant baiser de leur bouche marinée dans les marcs économiques et les vins pourris ; elles

avançaient des mains rouges des souvenirs de
fourneaux et de balais ;

Des rides s'approfondirent aux flancs des vieux
plaisirs...

Mais un temple vient de surgir : la vie nouvelle s'enveloppera dans le mensonge bien aimé
des métaphysiques ; la volupté nouvelle tolé-
rera d'être adorée au milieu des sortilèges du
doute...

Pourtant le vieil édifice reste debout.

La pourriture entassée dans le coin de folie,
n'emplit pas encore la maigre cervelle. L'éveil
de la vigueur vierge ne fait pas craquer les murs
vermoulus du taudis.

Le rêve va vers le charnier et les moribonds
l'accueillent ; sa forme ne grandit pas comme
l'épouvante devant leur angoisse lassée.

Leur râle ne se hâte pas davantage,
    car nulle tempête ne violente leur poitrine,
nulle anomalie ne martyrise leur habitude.

Pierre vit sur le hochet énorme trembler toutes
les erreurs brillantes et les parures resassées. Il
aperçut un reflet normal sur la tiare ; il reconnut
brusquement l'œuvre de son génie :

le *larcin* luisant de fanfaronnade.

A quelques plagiats mieux intelligibles, il avait dérobé les idées : un résumé d'antiques refrains ; il avait traîné la tristesse de son ambition dans les carrefours ;

des incestes de cariatides et de gargouilles, des rictus de fleurs naturelles, des acharnements de pierres et de couleurs, la force des muscles, l'alcool sanglant, la débauche des formes vivantes, la sarabande indéfinie, la ronde ronflante des mots,

il avait pris tout cela aux mendiants anciens pour essayer des accouplements dociles, et pour jeter sur ce monceau de débris l'illusion grotesque de son *moi*.

Le passé avait confié la richesse commune à l'incorruptible piété de la coutume ;

l'ignorance opaque voilait l'origine ; le respect sénile gardait ce dépôt contre les fous malfaisants.

Pierre flatta d'abord les chiens fidèles ; puis il crut voir leurs yeux idiots de mort promise. Il vola longuement pour essayer de studieuses parodies : ses attitudes, ses cris vers la chair banale, ses membres dessinant les statues classiques ; ses regards : des souvenirs de sépia écrasée et de vert mystique ; enfin le délire correct de son cerveau. Il accrocha son masque, en étiquette, sur les réminiscences successives;

et chaque fois, il attendit la surrexion spontanée de son nom, comme de créateur.

Les éléments de son œuvre restent les familiers de la tristesse normale;

C'est pourquoi, la volonté de Pierre peut provoquer, sans tumulte, la luisante vision au milieu du concert obstiné des rengaines, dans la chambre qui conserve les actes antérieurs:

l'invention hypothétique, qui anéantirait l'ordre momentané, s'imprécise dans un improbable futur, vers lequel les yeux espèrent encore, en dépit de l'insistant rappel des ancêtres.

Cependant l'échafaudage trébuche; des menaces éprouvent la gloire compromise; et des convulsions secouent le naïf désir.

CHAPITRE III

LE BRIC A BRAC

Pierre marchait, portant la douloureuse agonie de sa foi ; il allait vers le cœur de la cité où la vie étalait son clinquant sous le soleil ; il savait que le cri présomptueux de l'or cinglait la torpeur des hommes ; il voulait voir la profanation criminelle du silence et l'attitude sacrilège qu'il avait aimées ; il voulait encore regarder l'admirable humain ; il n'avait pas le dessein de l'humilier par son rire ; il ne devait plus l'exalter, puisque son enthousiasme étouffait ; il allait vers le calme d'une affirmation expérimentale.

Le bric à brac gigantesque crevait de toutes parts sous la force des choses de beauté. Le tumulte des formes montait comme un triomphe vers la majesté sidérale : c'était la tempêtueuse cohue des idées parées pour le baiser de l'esprit. Pierre ne discernait aucun signe : un effarement de toutes les couleurs connues, le vertige des courbes, les angles enchevêtrés, les dômes, les sphères des coupoles entassées sur des colonnades fusant à l'infini leur blancheur maladive ou leurs marbrures corrompues, les êtres affolés confondus dans le tourbillon permanent de vie exagérée..., de cette fantastique orgie de mouvements, une clameur forte de toute la rage des hurlements entendus, de toute l'hystérie des cris, de la douleur des sanglots montait vers la planante clameur du soleil.

I

La parade du sphinx

Pierre subit le choc de cette violence en branle ; puis il s'accoutuma ; ses yeux surent enfin discerner dans le tohu-bohu des formes :

une affiche, au seuil, pour le désir de savoir qui passe, comme un fluvial défilé, indéfiniment identique. L'enseigne géante vit des contorsions usées d'une pierre ou des accouplements burlesques des ombres aux lueurs ; elle vit au début du tumulte et son silence est fait d'un ronflement immuable qui sort de la gueule sans que jamais une modulation ne le révèle. Le grand sphinx allongé dans l'incendie, comme de sables lumineux, rêve ; ses yeux lourds du *mystère* rêvent ; ses griffes retiennent l'illusion de vérité ; un orgueil a paré sa nonchalance de toute la majesté des tyrans. Impassible, il offre la cruauté de sa lente souplesse ; il se promet aux hommes ; jamais il n'arrête son murmure monotone ; il ne veut voir les yeux effarés vers son profil impérissable ; il fixe dans l'azur fou le grand mystère.

Le désert luit de vivre et sa richesse sacrée frémit sous la force du ciel ; le désert vibre jusqu'à l'horizon où finit apparemment l'humain. Le monarque foule l'infime jaillissement des parcelles ; le tourbillon des individus frôle à peine le socle sur lequel est pétrifiée la puissance. Le sphinx monte jusque les nuages qui fuient toujours ainsi que d'épouvante ; derrière lui la foule ;... il n'oscille pas et ne se daigne plus mouvoir.

Voici que commence le boniment du grand sphinx :

je dévoile l'énigme ; mon acte n'est pas de bonté car le bonheur des hommes ne m'inquiète pas. Je parle pour l'anormale attention d'un fou ; je sais que la multitude n'entendra point ma parole :

Je traîne après moi l'héritage de l'ancêtre :

Je suis la synthèse du passé. Depuis la première heure probable de ma conscience, je me
suis donné à la douceur du sable fin qui fit à mon
indifférence le reposoir nécessaire. Je vis longtemps l'alternance naturelle : le rut de l'or, le
crépitement du désert, puis l'obscure volupté du
bleu silence crevé souvent par le cri unique et
désespéré du spasme lunaire.

Mes yeux accueillaient tous les jours l'image
identique. Nul sommeil, nulle attention aux
phénomènes : il y avait seulement l'acte mécanique de ma puissance moléculaire.

Le désert, alourdi par ma pensée, ma pensée
pesante sur son vide, s'affaissait lentement.
Comme le socle qui est mon trône indestructible
s'incrustait pour toujours au milieu de la solitude, l'homme vint et vécut à l'entour de ma
majesté.

La vie peupla l'espace de ses formes et l'homme
découvrit peu à peu la nature : dès l'enfance
naïve des fleuves, dont vagissaient les sources
timides, dès l'audace première des trombes, au
surgissement irrésolu des forêts, à la fermentation débutante de la terre neuve, l'homme vint
vers moi et m'effleura de son inconsciente surprise ;

je garde depuis lors le souvenir du frisson

primitif de l'humain devant l'ombre d'activité.

J'ai entendu l'irrémissible enthousiasme parce que le soleil quotidien baisait les germes, illustrait la mer, les fleuves, les forêts, faisait leur houle plus violente, et leur force plus divine, parce que les fleurs s'extasiaient, donnant l'exemple du geste mystique à la mémoire très fidèle, parce que le désert très loin reculé fascinait l'ébauche de rêve ;

j'ai vu, dans la jonchée naturelle de mollesse, la fougue brutale des sexes meurtriers et féconds, avec l'inévitable décor de bave et de frénésie ; le rut naquit ; son vagissement fut tel que sera son dernier râle, parce que l'amour crie de naître et de mourir tout à la fois. L'affre des reins tordus et de la chair béante, l'odeur de violence et de crime, le frémissement du désir immuable, voilà, pensais-je, de la douleur pour un long temps ;

dis-moi, oh ! fou, que je ne me suis pas trompé ! la souffrance est bien venue du spasme de cette pauvre chair épouvantée par la volonté pitoyable de son sang.

Je fus encore le témoin de l'effroi naissant devant la cruauté de la lune ; le martyre nocturne des étangs punis de blafard et de froid, la plainte des feuilles, le mugissement plus dur des marées, la frayeur voletante, en vampire dans le noir, glacèrent l'espoir naissant, imbécile, au cœur vierge, et le cadavre pâle, la mort d'argent qui s'obstinait au ciel lugubre fit le sinistre présent de la mélancolie et de la peur.

Cela dura pendant le cycle nécessaire et réputé légendaire : l'enfance traditionnelle ; car tout ce que je dis est banal ; c'est la science de tous.

Voici l'étape seconde de mon récit et de la vie de l'homme : c'est l'histoire de la maladie esthétique.

(Je parle de mal pour faire rire mon âme absconse).

Il advint un jour que l'homme, qui vibrait gauchement au souffle de nature, aperçut, dans la fidélité d'un miroir palustre (dès lors classique), sa brutale attitude ; il écarta quelques boucles de cheveux qui cachaient son regard et considéra, avec un sourire nouveau, sa tête modifiée ; puis il partit vers la hutte, l'indispensable caverne rudimentaire.

Tu devines les rameaux qui s'efforcent de clore le réduit ; tu as vu des portes, faites de feuilles habilement enchevêtrées, dans les expositions d'hypothèses préhistoriques : imagine donc un rideau tel qu'en ces réminiscences de savants.

L'homme primitif s'efforça d'imposer à la

grande branche folle une allure difficile, analogue à celle de la vigne folle qui rampait sur le
rocher voisin.

Tu reconnais l'adolescent de ton époque, l'adolescent qui se peigne et pare d'affiches les murs
de sa chambre : c'est la même histoire.

Tel fut le plagiat embryonnaire d'où jaillit
l'art.

J'ai cherché la raison de l'art esthétique pour
ne pas subir l'insulte des prêtres de beauté : ma
vieille formule fait les dieux enfants de la peur :
le Beau divin fut peut-être forgé par l'émoi sauvage en mal de postulat réconfortant. La facétie
du premier être se répéta peut-être machinale-
ment pour devenir la manie des autres ; le geste
fortuit de l'homme permit l'habitude incurable.

Mon incertitude, que je confesse à toi seul,
oh fou ! s'est ornée du décor inaltérable de
l'énigme, la fameuse énigme.

La déroute de la causalité a fait oublier ce
secret ; je continue l'épopée analytique :

depuis le vraisemblable prologue, j'ai vu surgir des babels éperdues : des tours montaient
comme des furies sur des amoncellements laborieux et scientifiques, puis elles s'écroulaient
après un effort exagéré de vanité et leurs débris
élargissaient la citadelle fondamentale. Des

monstres de granit recommençaient la tentative . gigantesque,

mais la montagne se dressait toujours plus haute que le travail des hommes et le chant de la foudre, qui hurlait la mort des mécaniques, ne l'ébranlait pas.

J'ai vu des palais parodier les rochers que tortura la mer patiente et monotone : les pierres lançaient leur audace compliquée d'hystériques parce que la fantaisie de l'Océan avait dessiné des jets monstrueux de ridicule guerrier sur les falaises dociles.

On prit une parcelle d'énergie à la terre ; on la cloîtra dans une prison de marbre ; on adula l'essor misérable des fleurs domestiques. Les jardins osèrent sans honte leur grêle luxure, tandis qu'au-delà du mur d'enceinte, la méthodique rage de la glèbe forçait les poussées ruisselantes d'aurore et de vigueur.

L'eau s'égrenait goutte à goutte dans la conque bien polie ; la blancheur du fond transparaissait, l'ébat très lent et triste d'une troupe de poissons minuscules, à l'uniforme rouge, n'animait d'aucun remous la surface sévère du bassin ; là-bas, vers l'artifice maladroit de mousses, de rocailles, d'arbres nains, un peu de poudre de cascade brillait comme l'utile bonté d'un ustensile d'arrosage... Je savais pourtant auprès du parc, à quelques jours de marche seulement, le gouffre où s'effondrait l'horreur grandiose en tourbillons ; j'entendais le souffle énorme des cataractes affolées de force, le hennissement lointain des monstres, et l'haleine des trombes proches fouettait de tempête mon geste immuable.

Aux voûtes, dont les courbes dirigent le mystère, l'artificiel éclat surgit pour enorgueillir quelques cabochons pénibles et maquiller d'ombre plus intense les replis inattendus des draperies et les bribes d'anomalie plaquées en corniches. Un morceau de métal poli s'enthousiasma à cette flatterie de la lumière et sa joie muette s'immobilisa. Quelques atomes fantastiques firent danser leur difformité vers la lueur patiente. Placidement l'éveil des couleurs et des lignes chanta la gloire du lampion... Aux heures de vie, les forêts immenses ondulaient sous le soleil et, selon son caprice énorme, des profondeurs de noir suivaient les phosphorescences violentes. Les mers sphériques, libres d'orage, revêtaient l'immense illusion et l'activité des êtres se précipitait.

Ainsi durant les jours, montèrent les tentatives parodiques auprès des modèles.

Durant les jours encore, la beauté vécut de se

4

contempler. Dans la transparence imparfaite des yeux humains, j'ai vu les images : le ciel, le vol immense de l'azur qui caresse de songes l'univers ; vers la monotonie du ciel s'éleva l'indéfinie louange et l'homme, répudiant l'humilité, essaya des magnificences sidérales : l'azur éploya partout sa divinité menteuse ; il y eut des théories languissantes d'uniformes sérénités ou de nuageux tumultes ; des rondes de lunes s'assouplirent en de grotesques éclats ; des houles immobiles perpétuèrent leur geste vert ; la somptuosité des forêts indolentes fixa l unique caresse de son luxe lourd et le soleil put prolonger l'insulte de sa fatuité.

La géante rêverie bleue, la royauté des bois, les fiertés astrales se reflétèrent dans le cerveau de l'homme qui s'enorgueillit de pouvoir comprendre l'univers dans une seconde de pensée. La conscience, la raison surgirent tyranniques. Les éléments furent le cortège du césar nouveau et les pourpres ruisselantes aux horizons, les ors croulants des voûtes hautaines, les gemmes gorgées de lumière, les hymnes océaniques firent une divinité.

C'est pourquoi l'acte esthétique, renouvelé par l'idée, s'accomplit, intégral.

Nous entrons dans le règne du symbole.

C'est l'art en définitive formule.

J'apporte avec moi la triple manière du beau, la trinitaire farce esthétique.

Dans le bric à brac s'entassent les symboles : ces images qui s'accrochent à d'autres images, ces emblèmes échafaudés en montagne, hurlent le monstrueux *idem* : l'effort humain aboutit depuis les siècles à rabâcher, en types fixes, la foi, la certitude et le doute. Si l'on n'entend pas ici l'idem que crient toutes les formes, c'est parce que l'orgueil timide et mécréant a suscité la *nuance* : des bleus, des rouges, des verts sur les arcs-en-ciel sidéraux et dans les rêves accroupis;

tu sais bien que cela est grotesque et qu'il y a peut-être le bleu, le rouge, le vert. La coquetterie scientifique du ciel ou la petite déraison des songes ne te trompe pas, oh fou!

Je traîne donc tout un bagage de lunes blêmes qui fixent hiératiquement quelque souffrance pathétique : des souvenirs résurgents, fantômatiques, des effrois, les cadavres blanchis des fêtes défendues, des chastetés menteuses, la vengeance latente des puretés haïes, des lunes blêmes dans le bleu nocturne, des extases glacées, la parure mystique d'argent, la veilleuse fidèle du grand saint, le reflet de l'autre lumière

que daigne permettre le divin : celle qui conseille le renoncement et la mort, la grande Vierge
bénie luisante de mystère ;

des lunes blêmes qui roulent selon le merveilleux génie scientifique des hommes, des boules
électriques, des champs morts, des rondes d'hypothèses, des mers endormies, des frimas anor-
maux qui gercent les âmes, des jets magnétiques,
de l'infini courant : celui que l'on débite chez les
marchands vulgaires de paillardises estivales, —
un éclair panthéistique ;

des lunes blêmes de silence et d'ironie, l'obsession d'un grand rictus blanc d'inexister, le froid
douloureux des peut-être ;

des lunes, des lunes, des lunes blêmes !

J'apporte toutes les autres pièces de mes ciels
démontables :

des étoiles d'amantes et de cloître, des étoiles
pour alexandrins et thomistes, pour tous ; des
nuages lourds pour étouffer les mélancoliques
d'un peu de vraisemblance ; des nuages pour les
récoltes, et pour la nostalgie des sceptiques ;

de l'azur pour tous : l'azur qui repousse, celui
qui féconde, celui qui hanté d'impossible ;

je charrie des soleils catapultueux, des vies
lumineuses et des reflets de moissons, des aubes
spasmodiques et le rut des couchants à l' « on-

ferme ! » quotidien des apparences, la grande apothéose synthétique qui termine le spectacle vain,
des soleils violets de foi, des astres de verrières,
de sanglantes incantations, et des soleils inféconds, pâles, lointains, ironiques comme des
mirages.

Il y a là les attitudes de la terre et des hommes ;
elles s'agraffent aux fantaisies du ciel :

il y a l'unique chanson de la mer à qui l'on a
fait chanter toutes les passions et tous les doutes.
Sa psalmodie d'ignorance vient jusqu'à nos sens ;
la patiente donne sa force aux volontés supérieures ; elle les reflète sans cesse.

Les landes, lamentables de figurer l'infini qui
torture, s'immobilisent sous la puissance de
l'idée.

La bonne terre force les germes.; elle rutile au
baiser douloureux du soc ; puis de nouveau la
terne souffrance de la glèbe apparaît : comme
une désillusion, l'indéfini contredit l'absolu.

L'acte des forêts est identique.

L'angoisse frémissante du monde, le travail
cellulaire précis, le spectre fantastique de ridicule, et l'homme, simultanément.

Entre, oh fou ! tu verras le maître de l'activité,
tu verras les modes chétifs et rares que l'on rabâche sans lassitude. Entre : c'est le répertoire

de la comédie misérable, le grêle catalogue de la
beauté. Il tiendrait dans une ligne d'écriture ; si
le bric à brac croule, c'est sous la poussée des
rengaines.

Tu verras le créateur et son œuvre : son œuvre
intégrale et définitive, c'est lui-même : au milieu
de l'appareil que suscite la lumière, l'Homme !

Quand tu auras vu ces choses merveilleuses,
oh fou très aimé ! tu te prosterneras, car tu seras
sauvé de la folie :

Je te donnerai le philtre précieux par qui
les créatures sont délivrées du mal profana-
teur :

J'apporte enfin la drogue subtile et microbicide ;
par sa vertu, avortent les volontés hystériques
qui tentent des drames frémissants d'anormal ;
par elle, s'alanguit le vertige des cerveaux en
ignition ; elle étrangle les larynx blasphématoires,
elle tue la vigueur des sacrilèges ; elle flétrit les
jeunes révoltes par son baiser de maquillage et
de vieillesse ; elle torture, jusque la victoire de sa
cruauté, les malheureux, les cervelles des rues
mal famées, les insoumises aux lèvres tragiques.
La sorcière sait les émotions naïves et la bêtise
presque militaire des foules ; elle sait les chiffons
adorés, les symboles de laine, les torches cabo-
tines, tous les trucs des bouges et des féeries.

Les idoles pullulent, intangibles. Sur les vieux ranimés, phosphorescente, une auréole se perpétue. Des autels surgissent qui jamais ne s'effondreront. La pauvreté des cerveaux est inoffensive : l'appareil de la beauté est à l'abri des flétrissures du dégoût. La soie qui cingle de ses brutalités, comme d'acier sifflant, la soie multicolore est vraiment bon teint. Une divinité grasse de repos, une nonchalance d'orient, nourrie de pâtes odorantes, sucrées du souvenir des harems invariables,

la sagesse bourgeoise, l'ennemie des activités révolutionnaires, des maniaques brûlés par un alcool réprouvé, la douce et paterne paresse règne sur tous.

Les troupeaux humains s'agitent, mais ils dansent en rond dans le cercle que foulèrent tous les ancêtres ; les terres neuves ne les hantent pas ;

ils vont tous à l'ossuaire que je traîne derrière moi : ils vont au bric à brac ; ils se prosternent ; puis ils choisissent les morceaux de formes qu'ils veulent martyriser.

Ma beauté est très bonne fille : elle admet tous les désirs, elle se donne identiquement à tous, et les forces en émoi ne conçoivent point une autre chair, un autre sexe, un autre spasme.

Je m'exalte dans toutes les apothéoses ; au centre des triomphes célestes, c'est la majesté du grand sphinx qui daigne accueillir l'enthousiasme grouillant des foules.

Des acropoles sont montées, à force de portiques, vers l'azur immanent et le soleil despotique. Elles sont faites des efforts d'Hellades légendaires ; elles demeurent, plus violentes que les souvenirs ; elles sont l'obsession compliquée, jamais lasse. Comme des spectres, les grandes colonnes blanches de soleil exagéré humilient les vivants par leur rigidité difficile et l'énigme de leur vieillesse.

Des pyramides ont fondé leur domination indéfinie ; elles règnent comme l'idée vivante d'Isis, elles règnent sur la gloire évoquée des Pharaons, sur le mystère des hiérophantes.

Des pagodes, illustrées de nombrils boudhiques, s'érigent encore au cœur des vieilles folies.

Le jet superstitieux des minarets s'éternise vers la grande mosquée accroupie sur une réminiscence.

La licorne, aux mille gueules effarées, crépite comme un incendie. La cathédrale crie ses visions affolées dans l'angoisse ininterrompue de sa névrose.

Des rêves tordus, des souvenirs... d'autres

symboles innombrables, partout sur le monde.
Ils sont tous les temples où le rite sacré s'accomplit ; ils sont les autels du culte unique. Je suis le
dieu magnifique que l'on adore partout. Je suis
la synthèse du passé. C'est vers moi que monte
l'encens des trépieds chimériques. Ma beauté
s'alourdit toujours de plus de gloire, car les hommes vont, immuablement, *prier sur les acropoles* : je porte le Respect imperturbable qui me
fit un masque immortel !

Pierre contemplait le sphinx qui allongeait son
silencieux orgueil, grand comme le désert, au
seuil du bric à brac. Il rêvait que le monstre
bâillait enfin d'agonie vers le soleil familier et
favorable. Son mystère, lourdement, s'endor-
mait dans ses yeux. Son corps se donnait au
baiser d'or ; puis il s'allongeait toujours davantage dans la solitude. Les sables, sans houle,
montaient indéfiniment : l'oubli !...

Mais le grand sphinx est tenace ;
le vent du désert le caresse sans l'effriter ;
le grand sphinx est impérissable !

Pierre entra dans le bric à brac.

Le décor inusable éploie sa splendeur active
et les deux manières de la vie : l'orgie et le sommeil, contorsionnent l'humain.

La tentative orphéonique des pierres, des
plantes, des animaux ne s'interrompt point.
L'harmonie des choses est indestructible. La parade du sphinx n'était pas menteuse : aucune
moulure ne manque au cadre esthétique ; la sarabande dorée des formes court, ponctuellement
folle, autour des signes extrêmes.

Pierre vit une fois encore l'allégorie traditionnelle, la fresque inévitable, telle qu'aux voûtes
des sixtines, aux parois des loges, aux murs
sérapéiques, partout...

II

La grande Rose.

I

La manie criminelle de la cause a troublé la
paix de l'homme. La danse infatigable du fah-
tôme enroula autour du cerveau ses courbes hystériques. L'effondrement de raisons hiérarchi-
sées, comme de rochers vers l'impossible limite
d'un gouffre ; la chaîne, cliquetante d'un rire
spectral, des associations tourbillonnantes ; la
montée périlleuse des rapports échafaudés trem-

blant d'incertitude sur le vide affolèrent le grand vertige qui entraînait la pensée : tournoyante, elle crut voir, au lieu des phénomènes confondus, l'indéfinissable uniformité ; la vitesse du tourbillon s'exagéra jusque l'imperceptible et la conscience put croire au Tout immobile.

L'esprit tourne et les cris phosphorés des choses deviennent l'ininterrompu, l'unique cri flamboyant,
la grande Rose mystique,
qui l'enveloppe de son geste anormal et hiérogène :
Les fétiches rougeoient sur la rosace. Leurs grimaces embrasées guident l'épopée satanique, les exploits fameux et dénombrés du sang et du feu. Les dieux sont vêtus d'orgueil rouge de majesté à grand spectacle ; ils portent 'en glaive la barbarie. Des éclats cymbaliques, des fureurs tonitruantes de tôle, des apparitions de bengale annoncent la manifestation divine aux cagoules entêtées que prostre l'épouvante. Les lueurs des volontés supérieures se suivent comme les fantaisies solaires dans un biseau profond.

Des rictus de tyrannie tordent la splendeur en quelque difformité belliqueuse ; le sourire du bon plaisir ride les lèvres ; les désirs contradictoires tourmentent le mufle ; tous les ordres pos-

sibles passent : des ébauches dans les yeux moi-
rés : L'absolutisme, en bon émail incandescent,
comme la puissance d'un poignard.

Le vitrail ne sait pas la lueur de bonté, d'indulgence douce, d'irrésolution. Il est baigné dans le
mélodrame sacré des primitives croyances. Le
dieu fait un geste de sang ; son caprice daigne
agréer les mauvaises offrandes de passion. L'âme
limitée du monarque fantastique ignore les
raisonnements ; les courts cyclones de ses passions troublent à chaque instant la loi antérieure. Des flammèches surgissent du cerveau
comme des fantaisies du délire primitif. Le liga-
ment de plomb qui hurle le mensonge devient le
légendaire zigzag foudroyant.

Mais il n'y a point d'obstacle autour du trône, le
tyran adoré n'use pas du dédain. Il vit avec la
foule qui grouille à l'extrême épanouissement de
la rose lumineuse.

La diffusion matérialiste du bonhomme, fait
des crimes, vers les parcelles animées s'élabore
en rayons d'ostensoir jusque la périphérie du
cercle symbolique.

Le pantin schématique, secoué par le même
alcool que ses sujets, bave les mêmes vomissures
de haine. Il est le partisan qui se mêle à la lutte
des pauvres êtres ennemis ; il est le détenteur du
plus gros canon et de l'épée flamboyonte ; il com-

mande à plusieurs ouragans et dirige des vents —
pourtant périodiques. Il peut les grandes rafales
de misère et de pluie sur les hécatombes des désirs qu'il exècre. Il se permet les corps à corps
réalistes ; il accepte les trucs grossiers qu'inven-
tent ses courtisans ; il autorise les trappes, les
traquenards, les associations clandestines, les
égorgements nocturnes. Il mêle à tout cela ses
anathèmes d'ivrogne insatiable, les malédictions
de son vin, l'absurde colère de la grêle, la douloureuse et rigide étreinte des gelées.

Il est le roi du fabuleux positivisme. Il est en
même temps le dispensateur des rudiments de
crypticisme : des violets, des orfrois et des escar-
boucles.

Il est le maître des angoisses débutantes ; — et
c'est vers lui que se tournent les cervelles, exas-
pérées par la rotation du cynématoscope invariable, pour l'adorer avec une rage plus élégante,
lui donner un vouloir meurtrier plus perfide, l'ac-
cabler de concret : des griffes, des becs, des écail-
les ramassés partout jusqu'en l'aspect primitif
du monstre.

La hantise de la verrière grandit par la force
du mouvement de folie.

Voici la fanfare du dieu aux beuglements pillés
par des siècles de rage esthétique; elle fut peu:-

être éclatante dans un monde inaverti de son tumulte. Les parois de la case ne sont plus élastiques ; l'écho est las de vibrer à la même tempête ; pourtant cette musique n'est pas un râle ; l'écho est toujours fidèle : c'est le cerveau du fou qui ne vibre plus.

La force positive du premier moment s'est anéantie dans le hiéroglyphe d'or, qui, tous les jours, augmente d'une ligne nouvelle son geste fantasque.

La filière des respects aboutit à l'adoration lâche de la peur. La conception du mannequin protecteur s'est déformée à passer par les séries classifiées des cerveaux. Il faut maintenant, pour connaître le dieu, suivre un chemin de prières cruelles et le baiser d'esclavage s'adjoint la beauté des liturgies embryonnesques.

L'or assombri inquiète sur la grande Rose ; il est fait de nuit et de soleil. — Un temple de lumière anormale s'est élevé comme se révèle une arabesque sur le pur néant des feuilles blanches ; les voûtes crèvent sous les rayons patients. Des vies muettes de chrysolithes s'éparsent, dans les galeries, en quelque garde inconcevable. Des ardeurs fusent des pierres et des courbes mêmes des corridors.

Le secret légendaire et dérisoire, issu de l'entêtement persuasif de quelque pasteur plus lâche, plus agenouillé et plus riche, a modelé les cases nécessaires.

Le grand Tout, gradué selon l'âge des sectes, croule de tous les plafonds ;

le cercle tourne sa rengaine consacrée, et son évolution emporte l'indéfinité des petits cercles ; des multitudes d'infinis grimpent aux torchères et les prières serpentines des forces naturelles portent des infinis sans lassitude.

La science sainte pullule par la magie de l'inusable « α et ω » : l'angoisse périlleuse des mathématiques, l'acte troublant de la chimie, la fameuse plainte des cadavres sidéraux, l'orgueil éolien des métaphysiques, tout cela lambrisse les chapelles du Temple.

Le Triangle éternel luit dans sa gloire violette : le père des nombres heureux, l'aspect trinitaire de la synthèse universelle, le tout : l'écartement éperdu de l'Unique en son émanation immuable, le signe de la force éparpillée et l'invisible lien !

des triangles, des touts sur les dalles, des triangles étreignant les suppliantes colonnes, des triangles en lampadaires de vérité, lumineux d'infini au pied de l'adoré : le grand triangle d'or, l'être.

C'est vers lui que le récipiendaire marche lentement, entre des rangées de douleurs en bas-reliefs.

Il subit la hantise des scarabées qui font voleter leur lourde richesse, comme une promesse de trésor, un mirage. Le cauchemar est long. Des théories fantômales défilent vêtues de l'angoisse bourgeoise de la mort. Des cris de force grossière bondissent dans les antres, des gnomes chargés de vices humains, des impuissances livides et des lippes scatophages, des gnomes, tordus comme un rire, comme l'absurde zigzag de la joie ou de l'ironie, des yeux de pantomine et des chausses bourrées d'ouate, des hideurs pénibles, des faux-nez et des perruques ;

puis la silencieuse menace des araignées gigantesques : celles des soirs, des longues veillées dans le monde passager de flammes et de suie, celles des jours néfastes, les frôleuses de ruine et de pourriture, les ouvrières des deuils classiques ;

puis des formes frénétiques, d'atroces mixtures de cuisses, d'ongles, de grouins, de cornes, de nageoires, d'ailes, l'horreur des membranes gluantes d'obséquieuse hypocrisie, la gloire des vertèbres crocodiliennes érigées comme des efforts d'orfèvres fous, l'orgueil des trompes hùrlantes, la vigueur des muscles affolés comme de hideux pistons, des cruautés de crocs interminables et de molaires farcies de pâture,

le loup garou et la licorne traînant les exploits
des folies plébéiennes, des sauvages échevelés
et vivaces qui bousculent les quiétudes enfantines depuis les premiers jours de peur ; des combats singuliers, des partialités divines, des miracles aux fleurs naïves, des chevaux merveilleux,
des insultes aux lois naturelles. Des effondre-
ments de cavernes ensorcelées étouffent le cli-
quetis des carapaces frémissantes ; de l'or roule
des issues crevées de tous les repaires et les éco-
nomistes s'épouvantent jusqu'à la syncope ; les
vieux monstres chenus sèment les sortilèges et la
splendeur de la dynamique s'écroule,

les ondins, les salamandres, les gardiens des
creusets de frisson et de spasme, les amis des
présences fatales, les meurtriers des audaces
rationalistes et de l'indifférence des théoso-
phies, les dépositaires de la vengeance du feu,
du meurtre, des chaînes indestructibles,

l'illustre Léviathan mène la danse infernale
des prodiges !

Le futur et les châtiments possibles s'accou-
plent : la puissance solaire, l'orgueil que crée le
rayonnement du maître, le vol des forces célestes
éployées autour de l'extatique prochain, des
mains ouvertes, des entrailles fumantes et sanglantes de vérité, des oiseaux devinés et des

nuages, des folies de comètes, des fleurs anor-
males traduites en devenir, des fruits de mystère
lents à éclore et violets...

le néophyte passe, masqué scrupuleusement
d'illusion, de respect, d'obédience. Sa robe
insexuée semble une cuirasse définitive de cas-
tration ; ses yeux ne vivent point...

des priapées saillent aux lambris et des
attentes s'ensanglantent de congestion ;

l'initié marche vers l'obscure beauté ; il entend
les formes vibrer d'épilepsie : l'enfer surgit dans
une fumée de révolte devant sa pensée de trahi-
son : les fourches l'accrochent, les glaçons le bai-
sent de toute leur douloureuse haine et le rut
du feu s'acharne à l'épuiser ; des fouets de cuir
et de serpents, des grilles, des tenailles, des
coins, de rouges bourreaux et des capuces d'in-
quisition, des tours de faim, des pendules inci-
sifs, tout le petit musée des supplices trémousse
de cruauté autour de l'adepte. Des cloches font
un peu de lugubre ; des glaives essaient une fantaisie grotesque jusqu'au militaire, la clownerie
de la bravoure ; des toges s'empourprent de
majesté ; des candélabres exhalent des rayons
divins ; les réchauds prient leur lente oraison qui
monte en colonnes bleues.

Le néophyte, devant la fierté des décorations,
— l'apparence d'une municipalité républicaine,

— prononce le serment : la dignité de son attitude jure ; la difficile énergie des yeux jure ;
le geste du bras longuement enseigné jure ; la
voix rauque, après la caresse des fumées et des
pâtes jure l'impérissable foi, l'entêtement sacré,
la déroute irréparable de la volonté.

L'humble concept de l'esclavage donne une
autre forme : un effondrement des lignes humaines, de la vieillesse ou quelque simiesque
hideur.

Enfin l'idée de la force collective s'irradie et le
tumulte du trombonal triomphe acclame le frère
nouveau.

L'initié se redresse sous la force magique.

La grande Rose s'élargit comme l'immense
sexe spasmodique de la beauté qu'elle synthé-
tise. Et voici que se préparent les joies frénétiques : la sorcière indélébile trousse ses soies
vertes jusque la chanson macabre de sa tête :
ses yeux en flamme fumeuse. Elle brandit le
bâton, maître d'un stock de créations qu'il offre
depuis le premier moment de sa puissance. La
voussure de sa vieillesse la pousse à terre.

Elle donne aux réchauds la ration de folie qui
crépite et s'exagère vers les gorges avides. Elle
tremble sur les tapis amoncelés ; et le soudain
bûcher jette une hallucination sur sa gueule : des

démons d'ombre se démènent dans les replis du visage ; des flammes de chair agonisantes clament encore, et le vieux sang qui baise à jamais ses lèvres flambe sous la tempête épique des crimes ressouvenus.

Les grandes ailes vertes se sont repliées sur ses flétrissures choyées. Elles brillent, fières d'être tous les verts mystiques et frémissants qui hantent le temple des fièvres infatigables.

La vieille s'est approchée du truc inévitable de la draperie complaisante. Elle accueille la nécessaire jeunesse dont la nudité s'exhale des fleurs tissées et de l'haleine lourde des cassolettes.

La femme nouvelle semble vivre sous une force électrique : sa chair s'élève comme l'artifice en tout normal spectacle, le fard unique du médiocre, sa chair dominatrice vibre sous la flatterie du désir ; ses lèvres souffrent l'hypocrite torture du sang et son sexe déjà frémit sur tout son corps. Elle aime la main savante de la vieille et si lourde d'être toute la sorcellerie des siècles ; la main savante prépare l'étrange et svelte opale aux longs sanglots que le dieu préfère : les sanglots des vices souverains.

Veux-tu, mon grand seigneur, que je te donne la froide souffrance des lunes désolées de rêve et d'ironie? veux-tu l'eau profonde des grands silences nocturnes, ou bien les tragédies latentes au milieu des mers mortes ? Le travail de l'autel est-il lourd à ta volonté débonnaire que les opiums ont caressée ?... s'il en est ainsi, laisse ton culte germé, abandonne le temple intime où tu adores l'être éternel fait de joies absconses; quitte les orfrois dont nous accable la splendeur et les emblêmes trop immobiles. Les larges rêves orchidéens agonisent, leur sombre blessure s'é-brase vers l'impossible retour de ta confiance...

Je sais que tu n'aimeras jamais les rites bruyants des foules sectaires. Ton adoration est ta chose, ô mon grand seigneur ! C'est le mal ancien que tu pris aux plaisirs défunts mainte-nant des fêtes ouvertes qui a mis en ton âme le caprice rapide et périodique de la fatigue. Tu n'attends rien des solitudes apparentes des som-meils noirs du monde que tu as détruit dans ton amour. Ton action s'est enclose en l'or soyeux de ce mystère : tu veilles avec les grands yeux lui-sants de tous les cierges, avec l'énergie des pas-sions d'albâtre, avec la rage sacrée de mon amour anormal et indestructible :

car je suis ton amant, ô mon grand seigneur! le sexe violent de ton maître, la volupté san-glante du dieu, sa force incarnée !

Ton palais est maintenant autour de toi comme

l'ignorance du monde. Il est fait selon les capri-
ces de tes attitudes : ainsi sont tes intimes soumis
au bon plaisir de ton esprit. Les salles aux plafonds lourds d'épopée, les ancêtres en grande
faconde, les légendes des anciens remparts t'entourent de gloire ; la pieuse attention des poètes,
les curiosités des princesses et le délire des vigueurs perverses te suivent comme un cortège
d'orgueil fastueux.

Tu n'aimes ni la louange du palais ni la
louange des hommes,

tu ne désires que le conte bleu du sanctuaire
où se consume en lentes délices le feu symbolique de notre amour.

Ainsi chante la ritournelle des théurgies sodo-
miques.

Les princesses parées des perles commandées
attendent le chant de pourpre qui annoncera le
début du rite merveilleux. Le large exploit des
broderies sur les robes, les rages stellaires de
tous les signes orfévris, l'hymne de la chair
tourmentée par les formes impossibles se révèlent en tumulte avant l'acte classique de
Lesbos.

Des gestes d'incantation commencent sur la
cire douloureuse de représenter le maudit. La
torture force les murs impassibles ; elle impose

partout son acier bleu, jusqu'en le regard même de l'enchanteur où luit quelque joie sinistre de lame.

L'enfant crie sous le même regard de cruauté, qui le tue mieux que l'épingle d'argent, le rayon du rêve fou qui gravite dans l'éther mortel des temples. La souillure du sang, sur l'autel lubrique, qu'accorde une amante du dieu, semble l'ignominie des tendances naturelles immolée à la beauté sanglotante du vice souverain.

Le banquet sanglant s'apprête. La vie qui dégoutte du cadavre sur le bonheur pâmé de la femme bénie fume comme les bons sacrifices et comme les mets que tolère la divinité; elle monte en vapeur pourprée, car elle est puissante à nourrir les croyants. Elle est aussi la honte purifiée par le baiser sinueux de la puissance chimérique.

La force maudite de la victime se purifie au contact céleste. L'énergie blanche par l'amour sanctifiant du maître se mêle à la chair acceptée de l'enfant; la pâture de volupté se jette aux gueules avides des prédestinés:

vieilles roulures des Eleusis; fleurs d'alcôves flétries, glorieuses de rousseurs et de science puante; incarnates érections des songes pharmaceutiques, ulcérées en des frissons interdits;

vierges orphiques aux reins tordus d'angoisse,
gémissant d'être maîtresses de leur chair, ivres de
la brutale douleur de l'esclavage proche ; syphilis
de Chaldée qui fermentent, brûlures de chancres
circéens ; priapéenne royauté, en rôle dans la
tragédie des hoquets, des agonies, des meurtres ;
cris sybillins et gestes blêmes des hystéries
écartelées ; mages-camelots débitant l'article
de Paris de l'hermétique ; cabotins enrichis,
asservis aux passes réglées ; larbins de publicité ridicule ; béatitude des naïfs tumescents ;
délire des sodomes en fusion ; exploits mythi-
ques ; légendes des vieux effrois ;

tous abreuvés du vin d'extase falsifié, bavant
un peu de sacrilège, râlent dans l'ouragan sab-
batique, fouettés de sang et de vampires, ils
exaspèrent, autour d'une soudaine apothéose,
leur folie, en ronde ivre.

au delà des formes, au delà des gestes, une
vibration permanente, plus lumineuse que le
feu, plus épouvantable que la nuit immobile,
plus puissante que les harmonies formidables des
trombes, un monstre d'orgueil et de sexe, un effort
douloureux de rêve, un spasme chronique,
furieux, sur un socle où s'écroulent les innombrables hommages :

des masques ravis aux voluptés orientales ;
des offres escarbouclées par la munificence des
tétrarques ; des leurres savants ; des ruts de
Babylone, tumultueux ou muets et désespérés ;
des crautés d'esclave ; le prurit des joies mor-
telles torturées par l'artifice des mouvements,
des couleurs, des chants ; la volonté maudite, le
crime, pour les moignons pantelants et pour
l'affre du remords dont l'obsession, en forme de
tête coupée, s'implante devant le regard béant ;

et d'autres masques : les interprétations identiques ; la puissance abstraite qui absorbe
l'énergie du monde : qui la reçoit des foules
pâmées, qui l'aspire désespérément aux sources
presque taries et qui tue les réfractaires imbéciles ;

la joie qui accueille le rire ineffable' et le sanglot, l'éxubérante vie et la mort...

sur ces louanges entassées, grandit l'apothéose !

Les formes auxiliaires de la messe infernale,
les croyants, les initiés, les prêtres sacrés par
l'apostasie traditionnelle,

la magie sauvage des êtres primitifs et l'avatar
bacchique du gnosticisme,

l'extase incarnée,

tournent dans le cercle de folie.

L'émoi gagne les dieux.

La grande Rose tout entière subit le vertige.

Les détails s'anéantissent dans le tourbillon de traînées fondamentales :

c'est la Rose de sang, de douleur, de mystère, de feu, qui roule son ivresse délirante autour de la Luxure souveraine,

L'inévitable Salomé !

2

La lumière parfaite se révèle maintenant : l'or épars en éther vibrant, la richesse embrasée des cieux, la joie immobile au sein du calme, la joie unique et dilatée, le triomphe immuable, le soleil rayonnant par delà notre visible, l'ostensoir où luit le geste du vrai.

L'âme vit de la lumière éternelle. Les pures idées se manifestent. Les gardiens invulnéra les chargés de l'apparat céleste entourent l'arche de beauté que forma la gloire de l'apparence divine :

le Graal immortel précéda toute conscience ; il fut au-delà de notre mémoire.

Des théories hypothétiques : les olympiens de l'âge d'or, grands de tous les rêves qui les évoquent, qui restaurent les débris démesurés des réminiscences, des sages stagnants au milieu de l'universel bonheur reçurent le reflet mystique et

surent l'enclore de leur adoration savante. Les
harmonies de ces poèmes pressentis, dont les
chants s'épanouirent dans les jardins gorgés
d'éxubérante magnificence sont parvenus jusqu'au seuil de la légende véridique.

Des effluves paradisiaques, un cortège de nuées
géantes que tourmente l'allégorie ont porté le
Verbe sublime au milieu de l'enthousiasme des
formes.

C'est pourquoi l'ostensoir, qui se propage dans
le bric à brac, semble frôlé par une inhabituelle
ardeur : il frémit d'une allégresse diffuse maintenant hors du souvenir ;

il s'extasie de toute la foi de l'âme que consume le baiser immédiat de l'Eternel.

Les lignes, les sons, les mots se sont affolés
périodiquement jusqu'à tenter l'inexprimable.
Les plus rares phénomènes ou les plus colorés,
les plus violents ont été chargés du lourd orgueil
du symbole : la forme pure de l'intangible virginité prêta l'harmonie de sa chair à notre faiblesse ; ainsi fut profané, dans un concept rudimentaire, le suprême ; ainsi l'image eut l'audace
de vouloir étreindre celui qui n'est point dans le
sensible.

Un tumulte ouraganesque plane sur les cerveaux profanateurs ; la force de tempête imagi-

naire accable les raisons. Le silence violent, la mort brutale de l'humanité en quelques lambeaux de matière rendent témoignage au cyclone permanent.

La flamme enfin s'élève de la source invisible d'énergie ; elle est insaisissable et constante et la limite de son acte n'apparaît pas. Elle grandit ; elle persiste devant les yeux ;

toutes les visions des temps chimériques se résument dans un astre anormal que figure le soleil en une parodie positiviste.

. Le bric à brac enferme l'infini en images qu'élabora l'obstination des maudits.

L'inaccessible domaine fut souillé par l'Adam.

La colère qui gronda dans les genèses inconnues, le tourbillon, qui détruisit la paix au sein des paradis identiques, jettent l'horreur des châtiments irrémissibles sur les lugubres abîmes de Chaldée, sur la mort du fleuve dont le cadavre pourrit l'Afrique en un désert fiévreux. L'heure de froid commence sur la bonne terre des Aryas. Le désir et l'orgueil ont précipité l'être de beauté.

Les cieux vivaient de gloire et la sentence archangélique entraîne dans le Temps la ruine des splendeurs inimitables.

L'homme de Dieu accomplit la fable solennelle du péché :

Le char poursuit sa course de feu, les rêves humains brillent sur la carcasse du mythe dont la révolutiou parsème l'éclat dans l'infini ;

l'élan des étalons décrit l'orbite en plein azur. Les satellites qu'enfanta l'écume aux naseaux écartés, les anges inférieurs, les attributs accordés escortent le prodige. La science immédiate flambe dans l'embrasement de l'Unique. L'Adam contemple le jardin de vie. Les psaumes s'élancent, comme des corolles vers l'immanente sérénité ; l'Humain accomplit l'acte harmonique parmi les lys et les lotus parallèles.

Les épouvantes cornues dont les carapaces crachent des laideurs acérées, le monstre dont les pores hypertrophiés, en lèvres d'ulcère, bravent la haine, le péché luisant du souvenir des régions inférieures, jaillit : c'est un monstre de chair dont le frisson s'enroule autour du désir ; c'est la matière qui s'anime et dont la force étouffe ; c'est l'orgueil de connaître, sans écouter l'intarissable source de vérité et de resplendir hors du rayonnement divin ; le vouloir criminel d'être centre.

Il tord les jarrets des chevaux ; il couvre de l'immondice le char fait de soleil. Son aile frémissante d'orgueil vain, son hystérie dressée, secouée par les sursauts sataniques s'impose devant les yeux et la vision directe est perdue. Le char et les coursiers dans l'ombre soudaine qui creuse un gouffre au-dessous d'eux s'effondrent. La gloire de Phaéton s'anéantit dans le malheur irréparable.

Les libres folies gueulent leurs anathèmes en tourbillon ; les frayeurs subitement imposent les torsions de leurs sombres flammes ; toutes les tares s'abattent en vol tournoyant.

Un éclat sanglant se révèle dans les profondeurs. L'angoisse lugubre éclaire de drames les visions : la rage des faims prochaines des morts, des chancres, des insultes, des erreurs gronde.

Vers une planète désolée de lointain et de froid Phaéton est précipité par les Vengeances.

Typhon s'est levé contre le Nil d'or qui parcourait les champs symboliques. La saison du mal a traîné tout l'appareil de sa cruauté.

Le Dieu écartelé meurt et ses membres s'éparsent dans la douleur.

L'Adonis a quitté Byblos : il subit l'ignoble pouvoir de la matière.

L'effort entêté des siècles accumule des tronçons de bêtes invariables pour tenter les puis-

sances transcendantales. Le surhumain s'accommode de quelques débris d'humanité.

L'Adam a entendu le serpent. L'émané s'écroule
dans la création et le Parfait reste au jardin de
rêve parmi le rire incessant des fleurs mûres et
les hymnes des séraphins.

Le Reliquaire où dorment les idées élémen-
taires, la châsse qui enferme le Prototype intact,
le Rachat en qui s'accumulent toutes les tentatives des orfèvres, l'Inestimable qui crépite de toutes
les gemmes possibles connaît maintenant le pro-
blème délirant des labyrinthes. Il est conduit
au centre du secret tortueux par des séries de
reposoirs dont la splendeur imite le tabernacle
suprême. Les allées contradictoires s'étendent :
l'île est couverte d'artificiels méandres de pierre
qui rampent comme des ennemis au-devant de
fortuites bravoures. La conque surgit comme
une énorme fantaisie marine ; une lueur anormale apparaît au travers des volutes qui cachent
en leur troublante nacre le Foyer sacré.

Le *but* nécessaire s'implante au cœur des
énigmes qui barrent de leur félonie la route des
Thèbes désirées.

Le joyau de force merveilleuse a subi tous les
cachots ; il a roulé, selon le bon plaisir des

poètes : l'indestructible étincelle, en crise inces-
sante, comme une liturgie fougueuse, brûle et
répand son énergie qui la cerne de halos radieux ;
elle brûle dans l'antre fumeux où s'animeront
sous sa puissance les oracles du futur ;

les richesses hespéridiennes vibrent loin des
sacrilèges dans le bonheur de pureté qui les
environne ;

l'abondance exulte dans les contrées perdues,
où germent, sans efforts, les bonnes moissons ;

les trésors, des orgies de précieux, des toisons
inestimables, l'andromède dorée, dans un monde
de rêves nuageux, de palais vertigineux, où
chantent les sirènes, semblent surgir sur l'illusions de décors fardés déjà pour d'autres merveilles qui imposaient au montreur les mêmes
toiles.

Le coffret s'enveloppe de son triple plomb ;

les scellés portent l'empreinte compliquée, de
quelque majesté très antique ;

Les Walkyries chevauchent dans l'ivresse sidérale ;

Les princesses s'endorment au milieu des forêts
accablées ; le burg se dresse en quelque escarpe-
pement, le Monsalvat riche de la relique mira-
culeuse, de la bonté incompréhensible du Tout.

Au plus profond du temple sombre de respect

et de crainte, affaissé dans le silence d'une immuable prosternation, le saint s'enfonce.

Dès lors l'obstacle institue sa menace flamboyante à l'entrée de l'Eden ; la vigilance des chérubins se pétrifie aux portes de la Jérusalem d'alliance ;

le fleuve roule son épopée naturiste sur le coffre à triple enveloppe ;

le sphinx défend le rébus.

La matière dominatrice, aux griffes victorieuses, aux reins que creuse le sinus des bonnes convulsions, la dépositaire des furieuses tentations, l'offre des clinquants et des parades, la promesse de passions, de douleurs fumantes comme les entrailles des victimes et le cri des ébats ineffables parmi les symphonies des chairs exaltées, des alcools et des poèmes ; les formes adulées et maîtresses, la Raison dont le grand mirage fascine et asservit, la Logique, la Science offrent leur monstrueuse beauté. Le dragon issit des implacables élucubrations du feu maudit.

Le minotaure s'apaise dans le carnage des tendances spiritualistes, dont les blanches ombres sont périodiquement sacrifiées. Il campe sa difformité devant les peurs esclaves.

Le souffle des esthétiques anime la forme perverse de la chimère qui accroche les fous à son essor.

La nécessité de l'expiation impose sa loi douloureuse : des rigidités marmoréennes, couvertes
de signes de gloire, la vieillesse comme un souvenir de l'immanence contemplée, le silence,
l'unique adoration des élus, le labeur mort, l'impassibilité.

des vestales closes en leurs voiles et leurs
serments, prosternent leur holocaute béni par le
bonheur, les vierges imprégnées de divin qui
accorderont, en miracle, l'écho du Verbe ; les
chevaliers figés ; les mages ; les servantes ; les
Chesu-Hors et les bramanes ; les druides, les
scaldes ; tous les prêtres devant les sanctuaires
encore fermés...

Dans la gloire des vieilles poussières et des
adorations qui ondent leur incandescence vers
l'autel impossible,

par delà le vol enthousiaste des théogonies
oubliées,

· par delà les brumes éblouies des vieux rêves
toltecks et des encens védiques,

par delà la splendeur diffuse des bibles et les
sonorités montantes des avestas, l'hommage tragique du livre des morts, les chants épars des
niebelungen,

dans le lointain de l'obsédante légende,
par delà l'institution perpétuelle du chimérique

dont la trame fantasque arrête les yeux trop las,

. l'entité s'embrase toujours, l'appel mystique luit désespérément !

. . . .

Dans le règne luciférien s'exhale la complainte des *tendances salutaires*.

L'accablante pesée de la nue illimitée fonde sa domination ; l'horreur de plomb monotone, — où pourtant se mêlent des livides, des deuils, des azurs sains ou malades, des espoirs heurtés mais obstinés, des rages et des blancs de débauches agonisantes, — écrase les désirs tenaces.

Le vol du grand fantôme s'agite lourdement, sans jamais emporter l'obsession : elle est faite de gris ; nulle forme ne la contorsionne ; il n'y a pas la tourmente idéenne des têtes, la poussée brutale des membres ; il y a seulement l'indéfinité grise qui plane et dont l'oscillation toujours mourante provoque de lentes ondes qui étouffent.

L'enfant des plaisirs éclatants s'en est allé vers le fleuve qui stagne par la plaine,

quelque Gange ou bien le Nil, —

car il est des fleuves obligatoires ; —

il a parcouru les stades de sable, juste assez pour voir seulement le marécage autour de lui ;

Sa robe garde du rire et du bruit : ceux des cités abandonnées, des festins, des courtisanes et des rhéteurs ; sa beauté garde le fard des fièvres et ses yeux la caresse des songes dorés.

des joncs hérissent les vases veloutées ; des lianes rampent aux bords des étangs gras et des peurs reptiliques glissent aux vertes suppurations des marais.

L'adolescent porte encore la fleur de vie dont les pétales se crispent à l'appréhension des miasmes qui les menacent. La tunique de lin traîne dans les boues profanatrices ; les sandales se déchirent qui n'avaient connu que les mollesses ; la gaieté du pas cadencé se perd, car le chemin glissant ne permet plus l'allure riante et sûre. La pestilence flétrit les lèvres ; les baisers corrompus, les amours contaminées rongent la langue et l'infection se manifeste en blasphèmes nauséeux : une Thaïs, une Cléopâtre, dont la floraison montait hier au-dessus des calices palpitants des voluptés adorées, d'une insulte est abattue; elle est un mensonge ridicule, une syphilis exécrée. Les joyaux meurent dans l'air mauvais. Les douces complaisances du luxe pour les crises où triomphe le sanglot de la prostituée, les honneurs accordés à la chair, les profils érigés devant un regard lubrique, les chants profonds

des luths autour des étreintes, tous les cris de
rut s'adultèrent dans le souvenir qui s'insinue au
fond des flaques glauques.

Les sentiments, les passions fermentent dans
la mémoire. Les parfums qui montaient hier des
confiances, des amitiés tournent à l'aigre. Des
rancunes flottent dans l'air épais, accrochent leurs
microbes aux images. Les couleurs passent ; les
vigueurs s'anémient.

L'enfant marche toujours, sur la cendre, vers
les lianes sinueuses ; et son corps s'affaisse lentement sous la charge de l'anormale densité des
brumes.

La voûte de plomb arrête toute velléité des
rêves. L'émancipatrice dédaigne le grand geste
de salut ; elle ne promet pas le lyrisme frôleur
et doux des nocturnes ou l'accueil des métaphysiques ; elle ne prononce aucune parole et son
silence témoigne la vanité de tout l'inconnu que
semble dérober la coupole immense et grise.

L'adolescent, flétri par quelque atridique fatalité, marche plus douloureusement.

Il cesse de regarder à l'entour. Il contemple,
dans le médiocre de son âme, un signe de noir
dramatique, l'impression d'une détresse latente
de nuit, avec des crispations d'étoiles et la plainte

6

lunaire, avec de l'effroi blafard sur les choses et des échos de ces pâleurs au fond des étangs qui veillent.

Son âme s'endeuille et se glace, et tremble ;

elle tremble au cri des obscures haines de tout le lointain qui s'éloigne ;

elle écoute les masques qui chuchotent les grands oublis :

il y a des pays de surprises ou des terres de sommeil ; il y a des astres sincères, des hiérarchies, de la musique ; il y a la fin, le repos sans cauchemar ;

l'âme pressent ; le possible effleure l'ombre où se plaint l'immatérielle mélopée ;

la mort, le suicide, comme un tintamarre de formes, de couleurs, de sons, derrière un nuage de novembre épais, lourd, fixe ;

une prévision du rien, hors du bruit et du silence ; l'amant de la mort attend les vains murmures qui seront peut-être au fond de la nuit ; une invocation se perd,

et l'enfant s'avance — sans voir le chemin et sans voir son âme...

Les lianes rampent vers lui. Les joncs se dressent comme des flèches.

Plus lourde toujours, la hantise le pousse à la

douleur et sa lamentation incohérente insulte et flatte la hautaine mélancolie.

Ainsi, depuis le temps, gémit le beau ténébreux. Il passe parmi les attitudes diverses des âges, et, selon les modes, aux étapes, il troque sa robe contre un haut-de-chausses, un pourpoint, une redingote désolée.

Son inusable beauté, faite de boucles, de cerne, de pâleur, s'alanguit sur un fond de palustre tristesse ; ou bien des bribes de certitude détruite, des fûts brisés qui portèrent un cloître, ou des forêts glacées d'hiver, ou bien la plainte harmonique de la mer, ou la houle des toits en quelque grande ville, la chambre, avec du sale par la fenêtre, parent la désespérance de leur funèbre appareil.

Aux pleurs des giboulées, à la grande sonate de l'universel ennui, il mêle sa larmoyante confession inaltérable : de la chair, des frémissements sympathiques, d'indécises aspirations vers du bleu — et puis l'intruse neurasthénie ; une scrupuleuse lassitude.

Hors de la réclame des gestes, des cheveux, des anémies et des cravates, loin de la folie des nerfs et des muscles, loin des cris de la nature et de la manie d'affection,

aveugle aux frôleuses créations des songes,

dans quelque tour de science et de pensée,
quelque poêle où s'élaborèrent les inductions
subtiles, au milieu de la gerçante pauvreté de
la logique,

un misérable subit le supplice de la finalité.
L'absence des bruyantes débauches ou même
des copieuses grâces, des luxueux divertisse-
ments donne à l'existence du martyr une gra-
vité neutre que rien n'émeut.

Ses yeux, indifférents au libertinage des lignes,
se ferment peu à peu à la beauté des concepts
ingénieux. Une angoisse incomprise tourmente
sa virilité.

Et les systèmes dansent devant sa raison qui
suit leur spirale montante,

elle suit la spirale montante vers un pressentiment d'aurore.

Les Thérèse traînent la tare de leurs désirs
inassouvis.

En bas, dans le péché satisfaisant grouillent
les foules sans névrose.

· · · · · · ·

L'inspiration divine suscite vers les prédestinés
l'exemplaire courage, l'acte de rédemption.

Le *Pur*, Vichnou s'incarne pour donner le
mouvement de triomphe.

Ici commence la lutte mémorable du dieu

Horus contre Typhon : la matière agriffe les parcelles d'Osiris ; des dégoûts levés soudain retombent et les chiens reviennent à leur pâture d'immondice.

L'Hélène pantelante aspire de toute sa beauté qui saigne l'énergie exaspérée de l'humain ; elle dévore les crimes ; dans son hoquet meurent les vagues presciences, les ébauches de prières. Le peuple se rue sur la dépositaire des stupres. La débauche gonfle toujours la bacchanale de son souffle corrompu.

Le *médiateur* enfin se manifeste : il a revêtu la pâle tunique d'inconscience que tissèrent les grâces divines, l'armure de limpide et vide métal.

Il ignore sa pensée et ses yeux ne voient pas le relief de son corps ou des autres choses ; ils ne voient pas les couleurs ; — ils sont la source des couleurs.

Le dieu est le reflet seul concevable de l'impossible. Il est le mirage bienfaisant où s'affirment les délices. Il est l'annonciateur de l'amour chaotique.

Il suit le nécessaire chemin que lui impose la causalité infinie ; car il vit de l'âme unique, il vit du tout ; il n'est pas le sujet de son verbe.

Il porte l'épée incrustée des talismans de

toutes les morales. Il ne redoute pas les ténèbres puisqu'il cache sous sa cuirasse impénétrable la volonté brillante du maître. -

L'obstacle rabache ses séductions et ses colères: le dragon suscite ses images qui troublent de leurs ébats passionnés l'inertie des champs blêmes de neige...

le *chevalier* passe au milieu des sollicitantes duperies ; il foule les offres des spasmes et sa calme beauté ne frémit point.

Dans la prairie, la chimère fait éclore, en plein gazon, comme des fleurs, des réductions innombrables de la souple fantaisie de son corps...

le *héros* n'interrompt pas son acte. Il domine les exploits échafaudés de l'art ; et, sans mépris, insensible, il s'achemine.

Plus loin, sur une montagne, le monstre a reconquis toutes ses têtes. Il agite un mufle énorme devant tous les autres. Cette gueule gronde avec plus de rage. Ses yeux possèdent un vert qui résume toutes les couleurs. Des propositions s'échappent : des promesses de palais, de fortune, de puissance...

l'orgueil avorte ; la tête de l'hydre gît, coupée.

Mais le tentateur s'obstine : il menace de toute sa luxure béante et tuméfiée...

l'ascétisme redouble les coups de son fouet garni de fers douloureux ; et devant les désirs geignants, qui implorent, toutes les tenailles, les blessures, les mortifications définitives permettent au *Pur* de ne point s'apitoyer.

L'orgueil épanouit de nouveau sa face de blasphème...

le grotesque d'une robe rouge et d'une caricature de sceptre, l'infamie d'un cilice, le soufflet des hommages dérisoires donnent la victoire au *Divin*.

Les méandres compliquent leur félonie... mais contre les sophismes, les théorèmes, les axiomes, *l'initiateur* possède le viatique : il a dérobé au feu de sagesse un seul rayon ; l'étincelle, qu'il porte en son âme et d'où s'épanchent les miracles réparateurs, chasse les ombres malignes.

Des combats partout ponctuent les vicissitudes du rachat...

L'Hypostase parvient à la lice terminale ; et, comme une soudaine détresse, un doute, l'attire vers les pourritures abandonnées,

le regard de l'Etre, l'Ange, le Pégase l'emporte enfin vers le grand cirque que les glaciers limitent de leur flamboyante fanfare.

Le glaive du héros terrasse le sanglier d'Ery-
manthe, le lion de Némée;

le météore infernal s'abîme dans le chaos,
comme un grand cri, l'esprit s'échappe de l'humain ;

et la croix de rédemption dresse vers l'épouvante sidérale la loque sanglante de toutes les
turpitudes broyées, de la matière morte.

Les temps sont accomplis, annonce la phrase
solennelle que publient des hérauts de printemps et de soleil.

Le règne de joie commence : le Nil déploie
dans l'azur le triomphe d'Osiris ; le dieu Horus
guide le fleuve dont l'image féconde la saison
d'amour.

Byblos ivre de la sève montante hurle les
odes sacrées devant le réveil d'Adonis.

Evohé Bacchos ! les délires dionysiaques clament. Et sur la terre de Christ l'hosannah gonfle
les cathédrales qui fusent comme un prodige
indéniable vers la pérennité.

Dans le secret paré des pourpres et des marbres, dans le faste purifié des circés vaincues, au
milieu des oracles frémissants, des trépieds et des
libations, dans les arides mépris des cellules,
devant les autels inondés de promesses phosphorescentes, dans la simple nudité de la chambre

oubliée de l'intelligence et où végète seulement l'enveloppe froide,

les croyants, consumés par le Dieu, savent enfin le baiser immédiat et les âmes murmurent le cantique des noces spirituelles.

Hosannah ! Evohé !

Les vertus, les épreuves, les gloires, les grises tragédies des renoncements, les cris des blessures volontaires, les affres des mutilations, les abandons lents et sanglotants de toutes les parcelles de la conscience, du moi inassouvi d'être, le meurtre des tares splendides par la stupidité cruelle des croix, des gibets, des grils, les érections des vices en révolte, les agonies de l'orgueil du désir, du cerveau, les soubresauts atroces à l'heure du dernier râle du péché ;

les psalmodies embrumées des purifications, l'indécise et froide virginité de l'âme, enclose seulement dans l'émaciation de l'ancienne infamie,

le sacrifice d'Assour et de Bel, la douleur d'Apollon, de Dionysos et d'Adonis, l'effort Herculéen,

l'amour de Boudha et de Iésus,

la vision de Prométhée, la victoire de Parsifal et de Siegfried

s'anéantissent dans l'Extase Rayonnante, la Rose unique, la Lumière Parfaite !

Evohé ! Hosannah !

3

La Rapsodie phénoménale.

Le cauchemar métaphysique se disloque.

Les idoles sont asservies aux doctrines ; elles s'humilient en coin de phrase, en morceau de raisonnement.

La mécanique les emploie ; dans un drame de creuset et d'alambic, elles se décomposent et leur âme prévue esquisse une flamme de surnaturel et se condense au fond de quelque cornue dont la fragilité suffit à la maintenir.

On les attire. Un sacerdoce parodique retape le mystère des Eucharisties ; il impose aux dieux une transsubstantiation utilitaire. Les puissances des sphères cachées subissent les ordres scientifiques : elles servent dans les grandes usines et leur honte noircit tous les coins des industries profanatrices.

Elles servent toutes les éthiques, qui dressent les fétiches policiers, comme des hochets devant la foule. Les logiciens les insinuent au cœur de leur dialectique ; les syllogismes rampent sur leurs débris.

Des haillons, les tulles pailletés de magie, les

pannes enrichies de la lourde complication des mythes, les fleurons des royautés légendaires brisés par une fougue libérale, les insignes des hiérarchies incontestables réduits à la seule forme, au diamant seul et dépouillés du symbole, les précieux stigmates oxydés par un alliage sacrilège traînent dans le maigre limon où s'élabore l'orgie future.

Des maraudeurs accrochent les luxes anciens. Et tous ces squelettes de rare métal, que nulle idée désormais ne pare d'une invérifiable existence, offrent leurs contours absurdes aux désirs légers et sauvages, aux déraisons, aux ignorances dociles.

Les élans brisés des chimères gisent en des sociologies marécageuses ; l'écho fêlé des grandes légendes anime quelque rêve industrieux.

Tous les lambeaux du poème, tous les souvenirs luisants encore de la grande Rose, les gammes interverties des violets délirants subissent les archéologies tâtonnantes qui s'efforcent de les associer selon l'impertinente hypothèse, pour cristalliser le monceau informe de ces gloires dans les limbes historiques.

Et c'est vers le sarcophage branlant, où fut figée la momie théosophique, que recourent furtivement les synthèses en péril : elles dérobent un peu de mystère et quelques préceptes de mo-

rale. Ainsi se maquille leur faiblesse d'un monstrueux paralogisme.

Les iconoclastes ont brûlé les saintes formules
qui semblaient éternelles au seuil des cultes.

Ils ont violé les temples et n'ont pas été fou-
droyés. La houle des blasphèmes engloutit
l'arche.

Les menaces qui avaient étouffé la révolte
s'envolent, comme de vieux refrains de l'orgue
usée et chevrotante ; on ne les écoute plus. Les
enfers illusoires cessent leur incendie et les promesses ambrosiaques se dissipent.

Devant la déroute du tout-puissant,

de tous les mondes sensibles, de la terre
qu'exalte l'ivresse de la sève, de tous les
germes dont crève l'écorce sous la poussée de
la vie nouvelle, de la chaude haleine des bons
efforts, de l'encens normal qui se dégage des
chairs épanouies, des fleurs épaisses et sen-
suelles, des fruits gorgés d'abondance, de la
passion du soleil apoplectique, de l'amour fris-
sonnant des nuits, du crépitement des atomes
— s'élève la clamante affirmation rationaliste.

Le bric à brac éclate sous la force de vie.

Le mouvement, l'inextinguible joie de la matière, entraîne la ronde des phénomènes.

L'unique enthousiasme des cellules, qui jamais

ne se précise, gonfle de son murmure le bazar esthétique.

Des rires immenses de plaisir, que ne tourmente aucune ironie, élargissent les terres heureuses.

Les lentes éclosions des semences bâillent comme d'un sommeil abandonné pour les parfums de vigueur qui émanent des maturités.

La fraîche chanson, celle au gazouillis bien-aimé.

paroles de verdure, couplets de pâquerettes et refrain de bocage, — air connu des chalumeaux enfantins et des pianos sages, —

monte avec une pudique allégresse de vierge paysanne. Des odeurs de ferme et de lait; la juvénile gaieté des prairies sous les éclats des lourds troupeaux et des bergères. La paillardise dans la rosée se roule et les maigres richesses des prés s'enivrent du premier soleil.

Pureté des petites fleurs, bouquets de bourgeoisies amorphes, rudimentaires festins! Le ruisseau ne sait que la naïveté; la source donne la saine leçon de tranquillité pauvre et claire.

Le baiser très maladroit des ignorances champêtres s'accomplit;

Oh! bucoliques lumineuses de matin, ridicule frisson des idylles potagères!

De lentes digestions s'affalent en quelque parcimonieuse douceur moussue.

Vers des printemps de cascade de sable, des
audaces autorisées de vagues, la jeunesse du cla-
potis matutinal, les formes que dresse le jeu
sincère courent et les caresses chastes des bains
éclaboussent les sourires inaltérés. Les adoles-
cences s'aquarellisent : du bleu d'insouciance, des
lignes légères sans aigreur, pas d'angle, et des
bosquets où chantent les millions d'oiseaux pour
jeunes filles.

Les rêves simples chevauchent les papillons
blancs et le miel facile des succulentes abeilles
symbolise la fortune première issue d'un doux
labeur.

Les apirations des sentimentalités récentes se
précisent en gestes délicats auprès de la bêtise
veloutée des animaux dociles. Les tendresses
s'éveillent dans la moiteur des bergeries ; à l'attention très innocente parée de grâces incarna-
dines chuchote un lyrisme gauche et qu'entrave
le *bon motif*, des promesses d'enthousiasme
végétarien, des amours impubères. Les frêles
pipeaux accompagnent les songes errants dans
la limpide réalité ; dans l'inutile effort de recueillement des sous-bois inondés d'aube, la
conscience module une philosophie de rossignol ;
et pour la fête, toutes les fragiles images intoxi-

quées de chlorophylle, les germes suintants des concepts, les esquisses de danse et de plaisir accourent à la pastorale verdoyante.

Les semences ont fécondé la terre ; le bonheur actif est mûr. La moisson gorge les plaines et le soleil jette des moissons dans tout le visible. L'or coule dans le bric à brac ; c'est le triomphe des bonnes semailles et l'hymme des bois dilatés au souffle de la chaleur éternelle.

C'est l'olympien tumulte des pleines mers, la cohue des mirages d'été sur les océans houleux. C'est la gloire des midis dans l'azur incandescent ; les flores rutilent à l'heure tropicale ; les corolles élargies regardent le triomphe et lui empruntent un peu d'orgueil ; les pampres ruissellent ; les vignes, lourdes d'inspirations actuelles, tremblent dans le délire.

L'or coule toujours dans le bric à brac.

Le grand rêve optimiste rayonne au zénith et sa confiante récolte d'irréfutable certitude s'éparse en pluie bienfaisante sur le monde lumineux.

L'énergie affirme son rythme ; les bielles marquent les mesures compliquées du travail harmonique.

Le fer édifie son règne inébranlable : les palais

de l'acte mécanique jaillissent en cheminées ; les
gares tintamarresques clabaudent ; les locomo-
tives asthmatiques râlent, après les vitesses
statistiquées au fond des bureaux croupissants ;
l'amalgame ignoble, dans les chaudières, dans
les ateliers de ripailles mathématiques, crache
sa poésie en vapeur bleuissante.

La savante parole s'épèle dans les bibliothè-
ques bassinées comme des lits de vieilles femmes.
Les cuirs accordent un peu de leur moisissure et
de leur poudre aux superficielles caresses des
artistes.

Les lois se révèlent, peu à peu, au hazard
bénévole, après un sursaut de grenouille ou une
ablution hygiénique.

et les hommes chantent !

Ils connaissent le rouge haletant du rut.

Elle a. laissé l'ornement vain des pudeurs
hypocrites. Dans le hâle qui souffle son haleine
brûlante sur les sables en ignition, dans la torpeur des bois, dans l'amour des blés qu'exigent
tous les symboles, le sang a hurlé au désir et la
rageuse luxure s'est abattue sur le bâillement
du sexe avide.

Il célèbre son rauque plaisir et les convulsions
normales. Toute la vie érige les cellules en un
effort inéprouvé. Les muscles gonflés enroulent

leur furie pour imposer aux deux spasmes la communion nouvelle, la synthèse de l'autre alchimie ; les corps se pénètrent ;

et le couple ponctue de son enlacement les étapes de lumière.

Après chaque triomphe des volontés autonomes : après la réclame scientifique ou la séduction des marchands, les écuries ou les casernes gavées, le refrain génésique hurle. Il hurle après la pleine romance des amours fructueuses : les cœurs ont reçu le rôle lyrique, qui ne comporte aucun mensonge grimaçant ; et les amants, fleuris dans le grand jardin des vertus naturelles et des frissons logiques, unissent leur rire que l'honneur et la bonne foi assermentent. Ils ne veulent que le rite solaire dont la franchise luit et le témoignage des éléments radieux. Ils mènent leur pensée parallèle parmi les victoires infatigables du monde et leurs cerveaux collaborent à formuler la louange des chefs-d'œuvre atomiques.

Leur fonction exige l'orgueil : ils sont l'objet des cytologies sociales, la source du tumulte ; ils ont le pouvoir souverain ; ils savent provoquer la force future ; ils hâtent l'évolution vers le mieux indéfini ; ils portent le germe de l'avenir nécessaire :

L'engendrement | s'accomplit au milieu des

prolifiques espèces qui imitent le geste humain.

Les épouses qui donnent le lait de tendresse, l'émotion des virilités s'exaltent au vagissement de l'âme rudimentaire.

De l'humus bienfaisant, de l'éducation rationnelle s'élève la beauté des enfances ravies, l'éveil des pures formes et des sentiments immaculés.

Roseaux et lys dans les vallées odorantes de sucs puissants et de gaietés marines !

Un attendrissement inouï accueille partout l'élan svelte de l'espoir. La douceur familiale s'applique aux caresses de dévouements alternatifs, de veillées studieuses et de blancs repas solennels.

La cité apprête ses fanfares. Tous ses cuivres vers le soleil poussent l'acclamation d'universelle sympathie. Les individus associés par la force altruiste ; les amalgames d'intérêt ; les institutions enchevêtrées ; les palais : immutilables agrégats des traditions et des respects ; les souvenirs coordonnés, codifiés en de vraisemblables histoires s'unissent,
et la forme parfaite de l'Harmonie positive, s'étale, resplendit jusqu'en la sublimité sidérale où frémit comme un reflet de l'ordre définitif !

Les pioches rouillées des antiques labeurs, les bœufs qui draguèrent les champs intacts, les

peuples audacieux, les galères chantantes des
purpurines Phénicies, les trouvères après les bar-
des, les hommes des grisailles séchées en quelques parchemins incolores, les cadres qu'ébau-
chent des ruines lasses,

tout le passé soutient la société vivante.

Les parcelles que détermine l'inéluctable solidarité s'agitent. L'échafaudage reçoit des bou-
lons supplémentaires ; on met des pilastres et
des arcades au milieu des travaux réguliers. On
entraîne les artisans du grand Triomphe vers la
fête qui s'ouvre ; les faubourgs dévalent en liesse
au devant du rêve communiste que façonne le jeu
du soleil. Les tâches harmoniques édifient le
phalanstère de justice et de paix où accourent
les fraternités indispensables.

Les lampions crient dans les feuilles ; les
orchestres entreprennent la danse. Les robus-
tesses nues, les sculpturales santés accourent
avec leur tranquille conscience qui baigne toujours dans le trouble des lois morales. Les fou-
gues indécentes avec simplesse se jettent sous
les jets crépitants des projections et s'envelop-
pent dans la fantasque poésie électrique dont
l'éclat ne faiblit jamais ; elles boivent les inconnus que révèlent les rayons.

Elles offrent aux fatigues des jours d'utilité

l'oubli puissant de leur délire, le sang de leur
énergie et l'ivresse des larges coupes où fument
les intuitions phosphorescentes. Les créatures de
joies naturelles entraînent dans le tourbillon que
rythment les musiques toutes les sèves en fusion
des richesses mûres et tous les prodiges des dynamiques.

Les relents de puissance montent de l'enthousiasme ; les formes se confondent dans l'exaltation des lanternes et des punchs...

dans les lointains qu'indéfinissent les miroirs,
par toute la terre, sous la joie qui s'épanche du
soleil, tournoie l'orgie de la vie meilleure !

. . . .

Mais peu à peu des nausées s'échappent de la
fermentation bouillonnante des peuples ivres et
des vomissures souillent le faste de l'apogée.
Sur le ciel des taches de nuages se multiplient ;
l'acharnement du feu solaire se heurte à la menace des flétrissures amoncelées ; des plaques
de terne et d'ombre développent la lèpre de tristesse sur les champs où agonisent les gerbes. La
plainte inattendue des rafales secoue les forêts
et disperse les loques brûlées du luxe. L'or
moisi, l'ostentation vermoulue s'effeuille. L'automne étale ses rousseurs humides, comme un

regret des forfanteries perdues. Une rancune injuste trouble la mer. De la peur plane sur les choses. Des borborygmes sanglotants spiralisent les soudaines brumes ; les fleurs s'appesantissent sur leurs tiges vidées ; c'est l'heure des grands chrysanthèmes, les images de l'astre languissant dont s'épuise dans le vide le rayonnement.

Les pluvieuses douleurs de la nature commencent ; les sucs doux des fruits s'aigrissent ; les venaisons pourries dans l'artifice des cuisines remplacent les mannes pures ; et le lait tourne, le lait des temps idylliques. On fauche la gaieté verte des Arcadies.

Dans le vent les râles se perdent, celui des brutalités obscènes, qui s'acharnent au milieu des ordures domestiques, dans un coin de servage ; celui des chemineaux démuselés, celui des fausses chastetés...

Les injections vénéneuses raniment des ardeurs nulles qu'utilisent clandestinement les besogneuses turpitudes, aux lupanars.

Le rut se déforme, il tord des reins inconnus qu'ébrase une aspiration muette ; il révèle de lentes émotions, des subtilités rosées et moites ;

il se tend dans une brusque surprise et dirige de sanglantes délices par des gestes ambigus.

Il mêle de l'enfance, du crime, des sentiments, de la vertu et du dégoût.

7.

De sa science sort un frémissement prolongé qui débraille les secrètes luxures.

La force sucée ne soutient plus les corps que déjà les chancres rongent.

Le prélude des pourritures définitives se développe dans la chair pétrie par les fatigues ; les ulcères entrebâillent les charniers et drainent les pus intarissables ; les contagions suintent ; les mauvaises drogues mêlent aux microbes leur rage destructrice ; les cellules rongées brunissent que n'alimente plus le sang visqueux épais de paralysie, de bave, de syphilis, de tubercules, de gangrène charriant la honte et la douleur dans les organismes impuissants, abrutis de médications grotesques.

Les passants qu'afflige le lupus regardent sans pitié les souffrances qui détruisent les règnes et les espèces. Ils emportent leur silencieuse angoisse sous l'antipathie du ciel plombé vers quelque asile d'oubli.

Les désirs qui persistent sont amorphes ou monstrüeux. La passion unique qui peut émouvoir est celle du *moi* fangeux et souffrant ; la vanité subtile dresse des maquillages laborieux. Chaque tête jalousement scrute le fard qui lèche les autres et détourne par de studieuses félonies l'attention des rivalités ; les tentatives plagiaires s'élucubrent au fond des ambitions médiocres ; de sournoises piétés entourent les gloires difficiles ; les parasites rampent aux fûts restaurés des portiques et mordent les pierres vermoulues pour abattre un bonheur envié qui voit peut-être une bribe d'azur au bout de son essor.

Le traquenard sentimental, ou le poison de bravoure ou les Circés éthiques retardent un effort et facilitent une vengeance.

Dans le grouillement des institutions, au milieu des grasses ordures plébéiennes, des sueurs bureaucratiques, des haines syndicataires tortueuses et exclusives, des accroupissements de scribes, des croûtes d'encre et de cire sur les établis des paperasses solennelles ; dans la spongieuse bouffissure des administrations ; dans le hideux engrenage des entreprises entêtées s'exploitent les essais indigents des atrophies et des misères.

après des ébats boueux, les brutes que l'hébétude a raffermies entreprennent le métier pesant au milieu de l'hostilité des maîtres et des choses.

Leur fatigue caleuse voûte sur les champs mornes l'ignominie de leur corps. Leur cervelle décomposée repousse les compassions attendries ou hautaines ; ceux qu'ils salissent de leur malheur se détournent.

La hiérarchie s'institue qu'affirment la souf-

france irrémédiable et le rire des facéties perverses.

La concurrence épuise les manivelles. Les
grandes cheminées des usines crachent trop de
combinaisons infructueuses ; les cuves recèlent
un principe indéfinissable de perturbation, des
erreurs que les diaprures dissimulent.

Les orages bouleversent la confiance placide
des semeurs et les tempêtes éventrent les der-
niers galions des Amériques pillées.

La torture judiciaire, la sentence des écono-
mies incertaines ; l'avanie civique abattent les
esclaves que les traditions entravaient.

Les dévouements se masquent de barbes sévères, d'expériences rigides et bavardes sèchement.
Des effrois d'enfantines maternités imaginent le
spectre désarticulé du danger. Des conseils gro-
gnent en reproche. La liberté s'alourdit de
convenances inévitables. Le calme intime, où se
cachent les sacrifices et que réchauffe la confiance
est bas de plafond et trop fermé au courant froid
des idées étrangères. Les rares innovations
dépérissent aussitôt dans la fadeur routinière ; les
appétits se contrarient ; la colère crie ; il semble
qu'un peu de haine reste plaquée aux échos des
salles troublées.

La loi enrégimente les passions ; elle les sacre

et l'onction sainte les rend inviolables. Toutes
marchent selon la règle précise : il est nécessaire
d'aimer après un ordre municipal.

C'est au milieu de ce lamentable désordre que
s'élève l'élégie baroque et sensuelle : ils aiment
leurs lèvres jointes et leurs âmes embras-
sées dans le recueillement du délictueux sanctuaire. Ils suivent le roman par les chemins de
langueur et de tiède attendrissement. Ils foulent
les évocations agonisantes et le vent qui les
frôle murmure des serments anciens jamais
oubliés. Ils cherchent lentement leur nudité et
leur frisson ; pour parvenir à la franchise, ils
doivent affronter les tortures élégantes ; les exa-
mens de conscience, dirigés par de jésuitiques
rhéteurs dans les roses oratoires, ou les cryptes
sportives, ou les chambres cajolées de songes
juanesques, dévoilent les luttes pathétiques de
la passion et du devoir.

Le troublant adultère exerce son infaillible
séduction : il y a là-bas de grands silences et des
ruines hospitalières ; on écoute l'ennui lointain
des coutumes et l'on tremble d'anomalie ; il y a
de discrets accueils capitonnés, dans les villes
bruyantes, au milieu du vulgaire tintamarre ou
dans le dédain délicat des quartiers clos. L'héroïque équipée que préparent les chansons lentes,

les danses timides, les imprudences épisto-
laires,

après le stage rituel des hésitantes parodies,
s'achève en un hoquet de désespoir et de plaisir,
aux molles complaisances des lits et des présomp-
tions, au son des promesses, des anathèmes et
des soupirs.

Les humbles soucis d'affection familiale,
de juste effort social, de raisonnement sincère
se dissipent dans le sacrifice fumant des chairs
savantes.

Les vertus falotes improuvées, offertes au
caprice rouge, souillées de moquerie, traînent
sous la chaleur pâmée des voluptés reconnais-
santes ;

les basses suppliques des sexes, après l'épreuve
utilitaire qui dure souvent jusqu'au meurtre des
anciennes et pures joies, jusqu'au forfait défini
par les codes, s'exaucent désespérément. Les
autres désirs plus furieux, plus fantasques, plus
écarlates, contorsionnent les corps et invertis-
sent les baisers.

Pêle-mêle se hâtent des rendez-vous de volontés inculpées, des amours réprouvées, des car-
nages, des châtiments et des labeurs indispensables dont l'insistance exaspère, des labeurs
haïs, la contrainte de l'estomac, la fièvre factice
des amitiés inconscientes, des sélections absur-

des ; des préjugés tambourinent la réclame bourgeoise et chère.

Des muscles épuisés gisent aux carrefours et mendient quelques gouttes de sérum ; les ventres que creuse la faim implorent pour de pénibles digestions. —

sur les garnis contaminés, où se courbent encore de criminelles idioties, parmi les vermines et les opprobres ; sur les mendicités en guenilles qui happent les bavures des grasses tavernes ; sur toute la douleur de la pauvreté, qui geint des insultes, des fourberies, des blessures, des viols ; sur les neutres modicités qui répriment mal l'envie turpide ; sur l'opulence ravagée de cancer, de vol, de faillite, de lâcheté.

un battement de grosse caisse, une claironnade se perpétue !

Les galons et les fifres vantent la débâcle ensanglantée des beautés guerrières,

et toute la horde devient la conquérante et superbe force ; la Nation entichée noblement d'un individualisme artificiel, mal bâti, illogique, chante ses marseillaises sectaires ; sa haine traîne des piques et des canons. La grande armée qui masque de panaches, de brandebourgs, de croix sa barbarie, les bataillons que soude la facétie disciplinaire, agitent les plumes des sauvageries, dont ils se moquèrent aux heures de béatitude confinée.

Ils passent dans les rues et le sinistre éclat des équipements révèle les taudis où croupissent les raisons défaillantes. Ils racolent tous les nerfs, démolissent les histoires combinées, arrachent les amants et les pauvres génies à leur *possible*. Ils galopent, ils chargent vers des palmes, des accolades, des grades, et plus vite par les champs que les victimes déplorées, les remords imbéciles, les trahisons encombrent, vers l'orgueil érigé du geste héroïque ;

plus vite vers la gloire de cuivre, de canon, de fusées, vers l'holocauste exemplaire, dans l'enthousiasme frémissant des drapeaux. . . . . .

. . . .

Ils ont cuvé le vin de chauvinisme et rendu l'immondice, après la duperie.

Ils recommencent, sans empressement, la psalmodie monotone. Des avachissements coupent la succession des peines,

ou parfois des récréations : alors, ils adornent leur détresse de friperies que la naphtaline éternise ; ils s'imposent les exigences des progénitures grincheuses, s'emboîtent dans les stalles défoncées, caressent les velours fanés par les antérieures désœuvrances et regardent la vieille grimace dans un décor désenchanté.

Puis, avec lenteur, ils promènent dans les avenues dépouillées la somnolence de leur cervelle que trop de nuages ont déprimée.

Des cris, parfois : l'annonce de la dernière chanson, la chanson qui rappelle tous les rêves et que les aliénistes étouffent méthodiquement : il est ici des paradoxes exubérants ; les apparences se troublent ; des sens nouveaux bouleversent les phénomènes. Le ciel semble un gong de cuivre, il résonne sans cesse ; les ondes lumineuses et sonores entourent la tête, serrent douloureusement le front.

Des carnavals de végétaux inconnus dansent. On voit des signes indéchiffrables : des problèmes compliquent une algèbre invraisemblable ; les questions s'accrochent à la mémoire ; des yeux d'épouvante, dilatés, roulent leur suggestion dans de larges orbites.

Des oiseaux, qui portent des bigarrures comme une enseigne de divagation, parsèment leurs métamorphoses dans un air lourd d'asphyxie.

En ce coin bouleversé d'hypnose, on montre des *moi* qui s'abandonnent, qui se confondent, des étreintes de conscience prolongées au fond des mollesses, imprégnées de l'âcre essence des secrètes luxures, et parmi les langueurs d'oubli.

Les déments vinrent au milieu de ces poussées fanatiques et s'acharnèrent à réaliser l'unité.

Ils ont mêlé leur vie ; ils aspirent leur pensée : un geste de chair pour assimiler de l'immatériel...

Et maintenant l'hystérie sainte remue ces *moi* renouvelés ; à coup de spasmes elle mélange les esprits et les corps ;

les convulsions s'apaisent lentement et la syncope fige soudain la joie mystérieuse de cet amour.

Là-bas les cauchemars volent qui frôleront leur sommeil : des pressentiments d'hymen parfait qu'un cri doit annoncer avant le rien. Ainsi, ils ne verront plus le désordre hideux des existences normales ; ils savent la fin, ils ont compris le lent nocturne qui murmure des paroles d'ombre et que heurte souvent le froid brusque d'un blême mortel...

La chimie difficile des hérédités, le mordant des haschich et des opium ont corrodé le cerveau des autres qui s'agitent ailleurs.

Les obsessions montent avec un sombre attirail de péchés ravis aux enfers perdus, de forfaits, reliquat des conventions oubliées. Les images démesurées emplissent toute la capacité de l'esprit ; elles adhèrent aux méninges ; elles s'incrustent ; puis, tout à coup, brutalement s'arrachent, et la raison secouée, endolorie, titube devant le vide.

Elle subit d'autres fantoches. Saoule de visions, elle tourne ; les hantises se brouillent ; des vigueurs saillent sur des fonds de pays neufs, de terres vierges ; des palais aux décors sadiques, des fêtes de beauté, des charités, des contes de feu, après un court triomphe s'anéantissent.

Les névroses, orfèvries d'hallucinations, passent en mourante procession ;

puis fume quelque égout gorgé de hontes sanglantes.

L'orgueil des sophismes crève.

Le fol grimpe le long des songes ; il attire le somnambule hagard vers les merveilles intangibles ;

la corde casse et le monde rit.

Le délire court jetant le mauvais sort et les prophètes entraînent la foule vers l'illusoire meilleur !

La révolte, aux lueurs effarées des conceptions incertaines, aux chants des espoirs mal rajeunis, roule, avec ses armes de souffrance, de meurtre, de profanation, roule sur les vieillesses lasses, pour accroupir son épilepsie au milieu des ruines de tout le possible.

La crise dernière abat les malheureuses ébauches des dynamiques ; les désirs affolés s'accrochent aux théories qui défaillent, et, libres, jettent de la douleur dans le tohu-bohu ; les mots dansent que ne soutiennent plus les vides concepts ; les corps se dissolvent dans la pourriture des épidémies, l'atomique tentative se désagrège ; l'évolution explique en vain le triste cadavre et les pleurs ne s'apaisent pas devant la féerie ratée du progrès ; les cellules épuisées malgré l'audace biologique, inertes, éparpillent dans le chaos les morceaux informes des consciences !...

. . . .

et tout cela chantait sur un air d'épopée !

IV

Du rire.

La floraison béate de la foi, la récolte rationaliste, après l'esclandre des tares antinomiques, aboutissent à une difformité que des lézardes cinglent de leurs menaçants zigzags : des promesses de foudre inévitable. Les principes amoncelés tremblent sur la désertion des pierres fondamentales ; les muscles de fer que ronge une rouille hideuse plient lentement ; les crevasses s'enfoncent aux flancs des édifices dont les dômes râlent encore l'hymne de confiance. Les couleurs

décomposées des fresques se mêlent en une caco-
phonie lamentable ; des joies, des supplices,
des triomphes, des rachats s'adultèrent de leurs
bavures ; un or mystique dégoutte sur un ulcère
familier aux chirurgies normales ; il se délaie
dans le mucus qui exsude à travers les vices de
chair et forme le signe obscène des pourritures
sacrilèges, secouées de piété et de blasphèmes.

Un pur symbole résigné enlace la rodondante
facétie d'une justice contingente.

Dans les portées du plain chant, on griffonne
des prosopopées baudruchiennes ; dans les mou-
lages des temples on coule les musées, les mi-
nistères, les mairies. Selon le rythme des liturgies se déroulent les pompeux naturalismes des
sociologues.

La grimace excentrique du fou dessine la
terreur du possédé ou l'allégresse du voyant.

Les illuminations sur les villes prises de vin,
les programmes vénitiens en terrestres étoiles
sur les lagunes résonnantes du bravo populaire
piquent la nuit monotone.

Comme l'aiguillon du saint amour perce
l'enveloppe obscure de l'esprit, comme les con-
templations des cierges hérissent la pierre sombre
de l'autel.

Les accouplements contradictoires dansent ;
et le *Rire* débute dans le bric-à-brac.

La vie flamboie aux saisons de lumière !

Les tâtonnantes recherches, l'écrasante indéfinité des hypothétiques, l'inépuisable inconnu qu'annonce le souffle aspirant des profondeurs obstruent la raison

et le chant d'enthousiasme, en bribes déchiquetées, s'éparpille.

Quelque phrase intacte vibre dans la demeure de l'indolente ironie. Il est une heure où le grand orgue flatte les préjugés antiques qu'instaure magnifiquement le patricien en son palais.

Le tumulte est coupé d'incertitudes et les préjugés, formés de l'enchevêtrement de tous les admirables détruits ou persistants, vacillent au pressentiment sceptique.

Mais le concert reprend ; des notes heureuses trouvent au fond des galeries jaspées et froides un écho de bienveillance. Quelle autre musique pourrait mieux divertir l'attention du songe qui bâtit dans la nostalgie stupide d'une invraisemblable réalité.

On apporte la grâce éphémère d'une chlorotique idylle : le lambeau de printemps est triste par un involontaire et bizarre effet de cuisson sur le grès pâle de pudeur. Le clair poème est maladif ; sa pureté ne voile pas un vice sinueux comme fortuitement les reins de cette vierge : le poème est fêlé ; l'erreur du niais est attendrissante ; il est plaisant d'exaspérer de simples pucelles : une inconscience aussi nue mérite bien l'indulgence facile d'un sourire.

L'affirmation dore un instant les émotions parmi les joies des voluptés esclaves, dont les caresses toujours prêtes s'offrent en mûrs désirs, en violences aristes et blessures sincères, saignantes et distinguées, parmi les francs hoquets des convives, parés de champagne, de falerne, de truffes et de luxure.

Les richesses calculées débordent des mines actives où battent les cœurs mécaniques des pistons.

Les centres électriques qu'alimente la force unique rayonnent et les nerfs portent le mouvement aux dernières utilités des organismes.

Les décisions des savants règlent la coopération mondiale. —

les systèmes se disputent ; les inventions successives s'annulent et les dons de la terre s'épuisent. Le soleil permet une chaleur brève, quelques secondes de logique aux grandes orgies, un peut-être aux travaux quotidiens. Le soleil donne au nul cristal le reflet qui fascine ; l'optique impuissante change de méthode : au fond de ce saphir vivent des illusions plus douces, des possibilités moins grossières ; la confiance préfère l'apparence bleue secrètement limpide et qui échappe à la fausse précision de nos sens ; le jeu des spectres dans l'impénétrable diamant est plus loin des négations. Le sophistique dédain agrée nonchalamment les fantaisies de la lumière.

Il y a dans le facile dilettantisme très souriant de toutes passions, à côté des blancs marbres gardiens de joie, les contorsions des vices, des luttes, des banqueroutes, des hystéries. La pitié s'épanouit au milieu des joies félines. Les voix harmonieuses, que cadencent les mélopées souvenues, alternent, jetant des strophes consolantes, des projets de réformes, tous les vieux répons des utopies fraternelles. Le divertissement altruiste dure jusque la fatigue des gorges, des attitudes, des admirateurs.

De rares ferments en des cratères précieux permettent l'exultante crise : le dessin torturé des angoisses apaise les désirs qu'irritaient la monotonie des bienfaisances. Le râle est bref et les sons si nouvellement rauques, l'agonie produit des tristes si drôlement agencés, qu'il convient de ne pas exclure de nos fantaisies la douleur des corps ou celle des âmes.

Le retrait de torture, où s'étirent tous les Laocoons, où les infimes et tenaces insectes bourdonnent aux tentures, où les terreurs dilatées projettent les tentacules inévitables, les rampantes ordures, les regards comburants,

est l'objet de fréquentes flatteries, car il autorise des courts frissons, puis des réveils très doux dans la molle probabilité des jeux paisibles.

Le cloître d'ennui recèle le silence entre des images de vieille laine fanée,

les images mort-nées des grands travaux inutiles, et les verres gris qui embrument les activités des champs voisins. Dans la galerie, on voit seulement les poussières, forme élémentaire que reprennent les indifférentes semblances et que de lointains hasards peut-être accommoderont encore, selon les modèles classifiés ; les poussières : linceuls des mirages, réminiscences brouillées de vieux mensonges, uniforme des perceptions dans l'engourdissement du doute.

Des oratoires où brûle le mysticisme, dont l'ardente prière graduée depuis la sauvage lueur du fétichisme jusqu'au violet de la gnose subtile, réveillent l'attention qui s'enlisait en la muette mélancolie.

Les mystères furent féconds en tragédies très compliquées ; il y a dans les hypogées des rébus

d'or et de gemmes, dont le geste a su la dignité
vaine des grands pouvoirs.

Les componctions hiératiques prosternent une
bonne foi si dogmatique que le sourire est secoué soudain de trilles d'épouvante.

Le divin s'efforce en un prodige grandiose.

Dans les adorations troublantes des parfums,
dans les divagations cuivrées et orfévries des
croyants, dans l'inspiration qui provoque les témoignages vertigineux, dans le rayonnement
des joies supérieures, l'angoisse de possibilité
convulse l'infidèle.

Après le spectacle, il reste un mourant souvenir de l'encens consumé, quelques débris de
l'heure tragique du naïf délire, les complaisances légères des sensibilités.

La beauté est bien pauvre fille ! quelques taches, quelques courbes, quelques sons, qu'apporte l'initiateur aux habitudes héritées.

Mais le ballet de toutes formes, qui secouent
les vieux oripeaux et que le pot-pourri des dé-
cadences anime, ressuscite les attitudes antérieures du négateur : celles attendrissantes de
foi sincère, celles de raisonnement ;

les figures rabâchent des cuisses rigides, des
seins dressés, des reins de spasme ; la pantomime
rabâche des aventures, des plaisirs, des douleurs ; tout cela pour un débris de cœur et de

cerveau; l'incertain reflet des ombres perdues danse pour une âme incertaine. C'est de la musique, de la couleur, des statues, des fantômes sur la toile terne et vide.

Cela vaut d'être *toléré*...

La beauté est bien pauvre fille ! mais quelle autre chose n'est pas aussi « bien pauvre fille ».

Le rire devient bruyant. Il éclate devant les actions et les entrave de ridicule.

La chaîne des associations casse après la lime mordante des moqueries ; et la fantasque analogie assemble en groupes inconciliables des morceaux hétérogènes, issus des harmonies illusoires trop longtemps permises.

Les insectes entonnent l'hymne de force ; on leur découvre des glaives, des ambitions, des victoires. Les amours germent en pistils au centre des fleurs impures. Les enfers gothiques parent les salles de garde, ou bien les gueules inapaisées des gargouilles dirigent l'hydrothérapie d'un millionnaire libertin. Des flammes aux tapisseries. La volupté palpite comme l'holocauste au martyre embengalé.

Dans la débâcle des causalit's, on choisit des motifs inaperçus, difformes, rachitiques, hon-

teux, que l'on accroche aux miracles pour humilier leur vantardise.

La caricature sort de ces amalgames. On la
disloque ; on tourmente l'inique invention. Le
pantin se tord selon le sarcasme.

Des raisons gonflées d'absurdités, repues
lourdes d'alcool et de graisse, hypertrophiques,
édentées, causent incompréhensiblement des actes
aux bras affolés, maladroits, aux bras amputés,
moignons pantelants, aux membres grossis, hors
nature, humides et flasques, des actes accolés et
disparates, des désirs en guenilles, des prostrations congestionnées. Les habitudes exagérées
scandent bruyamment les solennités inutiles. Les
mots traduisent les humiliantes monstruosités
des efforts.

Les échecs s'esclaffent ; leur gaucherie vautrée
dans les embûches boueuses grogne un étonne-
ment, sans fureur, et les maigres polissonneries
hâtent leur fuite légère vers quelque abri de
morale théorique ou pratique ou d'élégance
dilettante.

Les farces insistent au milieu des plaisantes
charges des anomalies naturelles. Il y a des
exagérations de lourde opulence automnale ou
des diminutifs de jardinages suburbains ; il y a
des romances traînantes et des jurons en liesse.
Les machines servent enfin aux tentatives de

révolte contre l'étreinte obstinée des traditions, et les mécontents se précipitent dans un pactole, où doivent frémir les nouveaux atomes, hors de nos lois, dans le fleuve qui roule l'or des ambitions et des chimères, dans le projet humain d'extra-humanité.

L'immobilité du fleuve accueille les formes, et les restitue, intactes, en des reflets, avec un peu d'or, peut-être, à la surface.

Ils croient que les hochets séculaires gagnent une autre vie dans les joailleries de leurs rêves ; ils montent tous, avec des tintamarres de réclame, des orgueils, des espoirs, des fringales, ils montent, sur la nef fantômale,

vers le rictus blafard des lunes dérisoires !

c'est l'ombre de nos trompeuses évidences que provoque le vague éclat de l'*Humour* sur le mur gris. La lanterne est patiente et les clichés reviennent sans trêve.

Mais le montreur se lasse ;

son rire élargi en rides hideuses, jette de douloureuses stridences dans le charivari grotesque.

Il lui faut des latitudes de brumes lugubres, pour sa plainte, et l'ondulante lubie de l'océan.

Son palais est intact. Le faste royal des coutumes armoriées dresse toujours au bout du môle l'inaltérable compilation des vieux hasards pétrifiés.

Les fêtes crèvent les nuits opaques de l'éclat des girandoles et des luisants désirs.

Il habite la tour excentrique, la fameuse tour du nord, celle que l'on redoute pour sa spécialité : elle est trop hospitalière à toute venante ; sornette fagotée de mystérieux, des apparitions de mauvais espoirs, des parfums profanes, des grincements de rires affreux, des blasphèmes troublent le respect solide du donjon.

La demeure est complète : des poèmes obscurs de ciels bas et lourds planent ; les tentures épaisses de vieux ramages s'accumulent aux coins tolérés de ciel insuffisant. Des limites sans accroc, des murailles inébranlées : la prison assignée au cerveau qui tourne frôlant les rugueuses parois ; l'intimité du petit monde appris par cœur en des géographies illustrées de reproductions enserre le maniaque : il y a dans son château toutes les vues célèbres ; celles des hallucinations profondes qui incendient les déserts des vieilles religions ; celles des rudes ontologies ; celles des laboratoires vaniteux ;

il y a là-bas les Ophélies qui languissent : la sensibilité se lasse d'attendre la bonne morsure qui apaisera sa rage de douleur. Le bouleversement de toutes les notions acquises par le lent effort des ancêtres donne au logis l'indispensable désordre.

Il est bien au milieu de la réalité, toutes les apparences somptueuses des formes tiennent encore debout sous le vol des moisissures jamais criminelles. Le traître a fait son œuvre : une théorie a renversé le dogme régnant ; c'est une révolution de palais ; il n'y a de changé qu'un visage ; le premier chapitre a pris la place du troisième ; le roi nouveau est du même sang que l'autre ; il marche, il parle comme l'autre,

et l'esprit abandonne à l'inceste sa confiance avide des certitudes apaisantes. Le calme ne vient pas après les baisers impurs. L'ancienne croyance, dont les couplets berçaient les jeunes songes, aux heures maternelles des rideaux blancs et des grands feux, murmure sa vieille chanson.

La voix tremble dans la tour maudite.

Toutes les émotions naïves des jadis impubères animent les vieux témoins qui pendent aux murs, qui traînent sur les tapis ; les portraits frissonnants, les dépositaires des gestes finis esquissent un souvenir léger.

La croyance avait la grâce des simples amantes aux caresses bleues ; elle avait l'indulgent amour des mères, fait de grande folie et de terre à terre didactique ; elle avait l'immobile ardeur de l'azur à la saison féconde et la solidité du maître puissant, bardé de la lourde armure patriarcale.

Le *prince*, enclos dans la tour des réminiscences, sait la duperie de la mémoire, mais ses yeux s'attardent au spectacle truqué des mortes enfances, au défilé des œuvres lévitiques dans les sacristies familières de l'antérieure foi.

Les sommeils abandonnés des furies rationnelles passent avec de câlins sourires, des bouches angéliques, des lins de pureté. La veilleuse des nuits chastes révèle toutes les pâles chimères que suscitaient les étoiles, alors bienveillantes...

Puis passe l'effervescence des premières énergies après la découverte de l'axiome définitif.

Les rhétoriques parent de leurs crépitants artifices l'acte de joie ; les belles images solennelles, une anthologie précieuse, des phrases sacrées servent à restaurer l'apothéose qui s'embrase aux jardins de douces flatteries, de preuves illogiques et charmeuses, au pays d'étrange beauté,

dans le halo inaccessible des espérances péri-
mées !

Le *seigneur* choisit des deuils soyeux pour
honorer la mort. Il sourit de son geste superstitieux ; il sourit tristement de la faveur posthune
qu'il accorde à l'erreur perdue.

Il maudit d'un grand geste noir, de toute son
individualité, que les sombres fourrures attris-
tent, que les menaces des nuages et le gronde-
ment proche des mers courbent sur la gisante
pourriture, il maudit vers tout le sensible :

Sa sérénité niaise et caressante est morte du
poison de l'inventeur ; et maintenant le phéno-
mène promis déploie les nippes mal lavées des
précédents triomphes. C'est pour ce monarque
repu de confiance imbécile, pour un rut analogue
que la faiblesse de l'esprit s'est détournée de
l'autre amant. Dans le même lit se roule l'orgueil des pauvres stupres ; les causes donnent
toute leur vigueur et le méchant concept que
reproduit ce heurt d'enthousiasme ose sa fasti-
dieuse et stérile démonstration.

Ils s'inclinent tous aux pieds du monarque
pourri. Les foules troubles rendent l'hommage
aux lois suprêmes. Leur offrande de respect,
épaisse déjection des gargottes intellectuelles
ou des bouges d'instinct, pousse ses spirales de

nauséeuse fumée, comme le lourd encens des
cassolettes délaissées.

Le fétiche tordu, branlant sur le socle des adorations serviles rabâche la hideuse folie ; l'esclandre de ses affirmations est éclatant de
théosophiques décors que recouvrent mal les
panneaux plus récents du rationalisme.

La certitude sous ces ornements raccordés
étale son outrecuidante obésité...

Seul, dans sa tour excentrique et grise, au
milieu de la parade de l'or, dans la tour glacée
par la désertion des rêves factices, dans la prison
de la synthèse décourageante, du diallèle, dans
le cercle vicieux, le fils du roi, dépouillé des
consolantes balivernes, sanglote son paradoxe
désespéré.

Sa volonté libre a choisi la vengeance : il
apprête la satire criminelle qui possède le secret
des meilleures blessures, la tueuse violente et
passionnée de râles, la dérision froide de nuit.
Il sait le mouvement juste du poignard. Sa
chair s'érige au pressentiment des larges cruautés tièdes et rouges.

Il aura son glaive ; avec une féline souplesse
il ira jusque l'actuel indiscuté ; il enfoncera sa
négation lentement jusqu'au cœur de la puissance et les sursauts d'agonie commanderont à

ses spasmes. Il ouvrira le cadavre avec ses mains ; il arrachera le principe dit éternel et proclamera le mensonge. Il aura l'attitude coutumière de l'assassin. Son jeu méchant et justicier sera conforme aux traditions ampoulées.

Alors il consommera la passion nouvelle que la charité ne causera pas...

Le *prince* s'enfuit avec l'obsession de son projet cramponné à son cerveau.

Il court dans les galeries des déductions paisibles et jette sa menace aiguë aux vieilles formes qu'il rencontre.

Il court, et sur le rire blême de sa détresse frissonne un crêpe romantique qui semble son daimon macabre.

s'ils lui veulent le mal de leur scientifique analyse, il leur hurle l'incompréhensible symbole de la dissonance universelle.

Ses phrases que n'assemblent pas les rapports connus, associés par une autre fantaisie de l'incohérence, s'échappent de ses lèvres et, comme de mauvais présages, épouvantent les esclaves enrubannés.

Il court dans les chapelles embrasées, dans les salles de hiérarchie. Il court par les innombrables reproductions de l'idée et l'abondance des semblables l'exaspère.

Il lance au passage le blasphème et les ardeurs pies, les sciences, tous les courtisans de la vie lui hurlent l'insulte qu'il attend :

au fou, au fou !...
Il emporte sa bonne folie vers les nuages et les flots navrés...

La vierge blonde qu'il courtisait aux jours préparatoires : son émotivité tremblante voilée de pudeur blanche, selon l'éducation de sa race, heurte son élan ;
Il saisit la fille pâle de désir ; il la saisit aux poignets et ricane son reniement brutal : il n'a jamais su son envie ; il a toléré quelques orgies de pitié, quelques luxueuses bontés... ; il a menti,
sa force s'est dressée vers un amour jeune et crédule... ; ce n'est pas vrai, sa chair a menti.
La joie des étreintes où succombent les énergies, où s'impersonnifient les âmes, les bonheurs de dévouement, de martyre, l'altruisme exalté,
il a promis tout cela ;
il se rétracte. Il châtrera sa vigueur ; il enfermera dans un cloître tombal l'orgueil des caresses profondes et la languissante et pâle prière de son cœur ému. Ses soupirs étoufferont dans sa gorge. Il a joué mieux que les autres la sentimentale musique ;

mais il veut détruire cette illusoire harmonie.

Il piétine sur la pureté liliale de la naissante passion. Il a vu trop souvent la vide blancheur de la vertu et les yeux changeants des vaines amantes. Il a trop cherché au fond des reflets, des reflets que l'on explore en tous les grimoires ; et comme les autres, il n'a rien trouvé.

La vierge blonde pleure les fadaises perdues tandis qu'il court plus loin vers les nuages et les flots navrés...

au fou ! au fou !

Il a choisi sa dernière action et voici qu'il se hâte au large gris anticipé.

Le déterminisme enserre sa fameuse *volonté libre*.

L'ἀνάγκη, sinistre cabotine classique, lui signi-fie quelque majestueux commandement.

Au seuil de l'acte, devant le praticisme médiocre qui étale les détails de ses trucs mes-quins ; devant la façade des calculs, des petites contingences, dépourvues des couleurs heureuses, des patientes hypocrisies, des cuissons inter-minables de drogues, des préparations méticu leuses du poignard,

devant l'élaboration pénible du non méthodi-que, le prince hésite :

Il préfère le nuageux schéma de son rêve, l'ébauche jaillie sans l'industrie des glaises ou

9

des crayons, le pur dessin de son génie que n'a
point souillé le signe de la matière.

Il préfère le linceul préalable pour le pur
dessin de son génie que les tares humaines ont
provoqué et qui doit subir l'inévitable corruption.
Il faut le silence des brumes au travail con-
damné à l'inutile incohérence. Il faut l'avortement au projet que permet seule la manie
pitoyable qu'il doit stigmatiser.

Le rêve et l'acte sont pareils ; tous deux gri-
macent des sottises.

Le prince court, sans savoir où:

L'agonie douce et servile de sa fiancée, par
grand hasard, attendrit encore le héros : il
semble s'assoupir aux pieds parfumés des maîtresses...

Tout à coup son corps s'élève, en un sursaut,
comme un grand cri. Ses yeux dilatés, hors du
sommeil des lourdes luxures, fixent l'obsession
qui grandit

et des rouges de grand carnage font des ronds
devant son regard.

La folie recommence. Les vapeurs sanglantes
s'épaississent et reconstituent le cadre tragique
des vengeances pantelantes, des bravoures impé-
rialement gestées des effroyables logiques.

Il tremble sous la puissance de l'oracle. Les

forces éparses se condensent en activité au centre de son vouloir. Il clame sa haine devant la noble magnificence des maîtres reconnus :

le bon roi jadis de sa belle enfance donnait du bonheur à toutes les vies. On avait fait mûrir aux grands jardins l'été des richesses positives.

Un soleil indéniable perpétuait l'évidence dorée au faîte de l'harmonique univers !

Regardez maintenant le contradicteur qui insinue le sophisme en l'intimité de la confiante certitude : des astuces dans le parc rutilant, des félins allongés rampants, le reptile des icônes mortes !

C'est l'assassinat du bon roi jadis !

Les torches lancent des menaces fuligineuses ; les baladins dansent un simulacre d'hystérie.

Le pantomime aux clowneries épouvantables, aux insinuations de pieuvre, jette la lueur fantasque de ses ombres démesurées.

L'huis s'entrebâille et laisse hurler la rauque fureur des larges.

Les flambeaux s'écroulent qui imitaient le soleil et la cour des fantoches chassée par l'outrage de l'âme ivre se disperse par les couloirs où résonne l'écho du sarcasme comme une promesse de décombres proches.

Le *héros* secoue le vol noir de son manteau vampirique. Il s'enfuit vers toute la détresse de

ses ornements familiers : l'absurde nostalgie de
la mer neutre, l'impérissable ennui de la tour
excentrique, le silence de l'indécision, de la
fatigue, des brumes, la plume noire sur les
cheveux de cendre. —

et son rire livide, chasse le rappel de l'activité
burlesque...

L'officiel glas dans le loin pleure la fiancée
que mène aux muettes componctions le cortège
dressé des funèbres.

La fiancée du prince accueillit l'injure comme
autrefois le serment : elle avait humilié le beau
martyre de sa chair devant l'impossible promesse ; à l'ordre violent de sacrifice, elle couvrit
de honte sa nudité qu'elle avait crue merveilleuse. Dans le blanc suaire du renoncement, elle
marcha vers son destin.

Les fleurs baisaient ironiquement ses cheveux
pâles. Elle chanta le long de la route le conte
béni de ses rêves morts : elle vit des amours
diaphanes et des voluptés blanches, des jeux de
printemps et de sources, des voluptés torturées
par l'exploit brûlant du vice et le mystère pervers
de la mort.

Elle vécut dès lors aux brumes prophétiques.

Elle apprit aux dames d'atour, aux courtisans,
au roi le drame extravagant ;
    puis elle se sauva de leur pitié.

Dans la douleur glacée des poésies lacustres,
sous le meilleur motif des nocturnes, qu'un écho
rechante au fond de l'étang,
    à la double oraison pure et terrifiante de la
lune, parmi les pleureuses traditionnelles en
corolles frissonnantes,
    l'incertaine beauté, hors de la vie et du
sommeil, revient aux illusoires transparences
des rêves nuls,
    dans le mensonge des deux nuits identiques.

L'officiel glas dans le loin pleure la fiancée...

Le prince écoute et le souvenir de la symbolique Ophélie pleure en son âme ; l'apparat du
songe esthétique dissipe la nébuleuse indifférence. Il y avait de grandes audaces d'or et de
pierreries ; il y avait le présent d'une vie neuve
et d'un spasme sincère.
    Le fou abandonne la tour excentrique et
muette. Il revient au tumulte ; il cherche la
vierge blonde et la vengeance oubliée.
    Son épée luit vers tous. Sa haine hagarde
s'exaspère.
    Les rouges de grand carnage font des ronds

devant sa folie : c'est le présage des victoires, la libre joie rayonnante hors du moi, c'est le prestige de l'oubli définitif qui s'irradie, l'exemplaire parcelle de l'atmosphère du non-être, la rage lointaine de la vie envieuse de néant ; c'est le prodige funambulesque du bouffon !

La ronde écarlate tourne. La douleur, le rire, le courage, des lâchetés, l'ivresse, la conscience cynique tournent à la ronde écarlate et l'holocauste râle au centre de la tourbillonnante furie des monstrueux univers...

Dans le saccage de toutes les formes du possible, au milieu des convulsions dernières de la démence, les recommencements barbares s'instituent ;

et, toujours, le sanglot de *Hamlet* ricane dans la complainte de la nuit.

V

L'Histrion

Les tréteaux sont dressés ; on a sorti toutes les formes. Tous les éléments du spectacle attendent l'animateur.

Il y a dans le bric-à-brac un mouvement de grand délire qui trouble la vie paradeuse des hochets. La même apothéotique auréole cerne les symboles d'un sacre incandescent,

L'homme de toutes les époques, dont l'enfance se perd dans le mystère des habitudes débutantes, qui accapara dès le premier âge un exploit bruyant de l'artifice humain, *l'esthète*, que pare un sacerdoce pompeux et qui ostend l'emblème orfévri de sa puissance, se révèle en son rêve glorieux. Le bric-à-brac est le temple du seigneur indéfini et merveilleux. Un ordre divin a classifié les émotions. Le fétiche, qu'institua la faible sensibilité, au premier frisson, s'est dressé sur tous les hommages que les foules ont essayés vers le mystère.

Le dieu, issu de l'ignorance émue des antiques, perpétue sa puissance, à coups de vieux miracles truqués, parmi les postérités que l'atavique

respect courbe nécessairement devant le spectre.
— Le Beau accorde à son prêtre l'invariable
inspiration. Et, consciencieusement, après l'hommage au maître invisible, au monstre des cauchemars de faiblesse, d'effroi qui bouleversèrent
les sommeils primitifs du cerveau et lui imposè-
rent l'empreinte de servitude, *l'Histrion* accomplit le rite traditionnel :

l'exorde de son épopée gesticule une foi spé-
ciale. Son orgueil invoque la puissante beauté.
La divinité luit dans un coin d'Olympe et sa
gloire inexclusive pare tous les dieux surabon-
damment.

Des hommes ont tâché à comprendre l'harmonique exaltation dont frémissent les mondes. Ils
ont voulu attirer en quelque thèse la puissance
dont crépitent les manifestations de joie et de
feu. Des esthétiques s'évertuent pour le calme
des vies neutres. Des formules éphémères
accaparent l'immanente splendeur. En des
retraits obscurs et que les dialectiques tarées
humilient de leur impuissante médiocrité, on a
profané le nom de lumière. Les méthodes
dérisoires ont permis de balbutier l'écho scientifique de l'Etre...

« Il » ignore l'analyse sacrilège qui rampe vers
le dieu inaccessible et transpose le signe de sa
volonté en théoriques parodies. Il sait de toute

sa vie l'enthousiasme éclatant des formes de l'Etre, le frisson collectif et la crise suprême.

Il sait l'inépuisable bienfait de l'azur inaltérable où triomphe un soleil, source des purs cantiques et des allégresses actives. Il ignore les tentatives des chimies et des philosophies. Il sait l'éther en immatérielle fusion, l'ivresse sainte et créatrice que propage en son sanctuaire de gloire l'Eternelle Beauté.

Il commence le culte direct :

des rappels de magnificence s'irradient et de nouveau flamboie le bric-à-brac :

La grande Rose luit de tous ses violets. Le grand Désir contorsionne son étrange puissance.

Les erreurs, les schismes, les blasphèmes, les vices profanatoires poussent leur scorieuse anomalie parmi les signes d'or des vérités.

L'extase tourne son bonheur spasmodique qui rayonne dans la frénésie de la croyance.

L'hiérophante emploie tous les joyaux des liturgies ; il déploie tout l'apparat processionnaire. Son âme répand l'allégresse suprême hors de la nature et de la raison.

L'apostasie profuse ensuite l'éclat logique du soleil de vie dont l'orgueilleuse confiance révèle les procédés sophistiques, les trucs de la prestidigitation mystique; et le prêtre de la religion nouvelle, devant la force en action rationnelle, chante la *Rhapsodie phénoménale.*

Les turpitudes troublent la certitude de sa conscience.

L'Histrion instaure le *Rire* voluptueux de l'éclectique nonchaloir. Il tolère devant l'indulgence de son jugement les reflets lointains des verrières, et les échos languides de l'hymne positiviste qu'il clamait naguère consciencieusement.

Il adresse à son dieu de doux présents d'ironie légère en des temples lascifs où s'adultèrent toutes les franchises.

Enfin il jette une offrande de douleur dérisoire parée de tout le funèbre attirail des brumes, des crêpes, des brusques démences et des hoquets hybrides.

Les rythmiques motifs du bric-à-brac sont épuisés.

Que l'on me porte maintenant l'habit rouge, l'habit rouge des grands tourments !

Que l'on apprête le décor de l'hommage monstrueux qui accommode le sacrilège et l'affirmation !

Vous mettrez à mon chapeau la plume noire
de Hamlet !

Il faut des rénovations intégrales.

C'est la dernière et fameuse scène de la farce
esthétique.

Tous les figurants en place !

Les courtisans empanachés d'enthousiasme
préalable vont esquisser leurs révérences ridicules. Tous les sourires des doutes aimables
grimaceront et les vieux panneaux immobiles
érigeront leur splendeur usée pour que mes
yeux n'oublient point les gestes accomplis.

Le dieu rayonnera plus violemment et les
fanfares des procédés inévitables sauront le cri
aigu de la suprême invention.

Je veux ici tout l'acte de ma volonté précé-
dente : il me faut les orfrois émaillés de vertus
emblématiques, les occultes flammes des sciences perverses, les jardins consternés ou radieux
où s'accomplit le grand Lotus. Je veux le sinus
lubrique de la courtisane ivre et l'ardente supplique de l'Antinoüs. Je veux l'ambrosiaque Eden,
la boisson de dieu dans le cratère inviolé, la
substance qu'exalte mon faste panthéistique. Je
veux aussi les orphéoniques amours humaines :
la bonté sidérale sur les germes, l'élan des gé-
nérosités pouilleuses des faubourgs, l'horrible

ardeur de la terre fumée, les nausées altruistes qui fermentent dans les sociales boutiques,

les bajoues émues des maternités, les langueurs des affectueuses familles, le dédain pitoyable des amants heureux, leurs frissons frétillants et ridicules à côté du pathos du grand spasme saloméen.

Que l'on me donne encore la coruscante pourpre des blessures collectives et des plaies individuelles : des manteaux de tyrans et des furies de révolutions épileptiques, les lustrines des poussées médiocres de fêtes et le sang fétide des béants ulcères creusés par la stupide cruauté guerrière ou par la facétie d'un infusoire.

La lamentation torturée de sarcasme, la caricaturale haine, les plaintives lagunes vers le pays de mort, tout cela est nécessaire à mon triomphe :

Je féconderai de ma vigueur ces voluptés ralenties ; j'animerai de mon génie tout ce passé qui m'enfanta !

Je viole l'intime des harmonies qui rythmèrent l'élaboration de mon Moi.

Mon dessein suscite des débauches inconcevables jusque ma force.

Donnez-moi les cithares et les harpes d'or pour mes poèmes inouïs ; que les esclaves appe-

santissent leur adoration autour de ma découverte.

Que l'on ouvre les luxures de mon désir divin
où puisse resplendir l'inceste miraculeux !

L'histrion passe parmi les contorsions de la
démente orgie...

J'ai le cilice d'améthyste ! Laissez toujours sur
mes cheveux la plume noire de Hamlet.

L'*inceste* que j'ai voulu est stérile. J'ai souillé
les dons de mes ancêtres. Mon grand œuvre fut
un reflet des actes finis dans le miroir terni,
ébréché, de mon âme dégénérée.

Je dois provoquer le désert où s'entêtent les
oriflammes des cérémonies terminées :

j'ordonne d'enclore en quelque apparent respect, une arche de salut, la synthèse des obscu-
rantismes esthétiques, que j'aimais jadis filia-
lement, puis que j'ai vainement violée pour
l'irréalisable Nouveau.

Dévotement vous guiderez la nef légère sur
la patiente douceur des mers. Le roulis doux
apaisera la fièvre de l'idole et bercera la pro-
gressive hébétude de son cerveau. On l'endor-
mira peu à peu ; et, loin des observantes rives,
loin du souvenir immédiat des vivants, loin de

moi, vous inciserez le flanc préparé du navire ;

sournoisement vous étoufferez dans l'oubli cette beauté qui m'exaspère.

Le flot sur le néant subit de cette obsession clamera son absurde refrain d'indifférence...

Maintenant il faut des décombres partout sur le tréteau : Je dois parfaire mon crime que préfaça le matricide.

Que l'on apprête les torches : les cris de ma haine.

Toute la beauté jaillit en une lueur frémissante qui accumule toutes les diaprures des symboles, et toutes les lignes, et tous les sons. Elle crépite sur les mondes éblouis et semble un défi divin à mon audace ridicule.

La cité de ma première pensée, les temples des cultes humains, la Rome de vie normale, la Ville universelle, faite de solidaires traditions en granit immuable, de respects sculptés,

le bric-à-brac des rengaines s'embrase !

C'est l'incendie de Rome ; c'est la ruine des coutumes, l'effondrement des vieux royaumes élaborés par de séculaires ministres que dominaient les morts.

Les conquêtes aux guerres oubliées, les lauriers flétris des victoires, les butins illusoires :

des ornements identiques qui n'enrichirent
jamais d'un signe neuf, le catalogue des possibles,

toute la richesse héréditaire s'écroule dans le
néant qui m'obéit ;

et l'apparente menace de flamme est l'ultime
convulsion de l'agonisante âme de jadis.

N'oubliez pas l'entêtement des squelettes de
marbre. Il faut des coups de pic pour les pans
de mur obstinés, pour les cariatides gaillardes,
pour les ogives et les cathédrales arc-boutées ;

il faut des massacres pour les sectes, les ulu-
lantes Saint-Barthélemy — et des bourreaux
pour les empires ;

Du rire blême et glacé pour tous les bel-
luaires de révolution, du bon sarcasme pour les
passionnés ; et de la douleur, des hoquets, des
râles aux dérisions incohérentes.

N'oubliez pas les pleurs de femmes et les cata-
falques de lourde fumée.

Tous les habitants, qu'un vent d'horreur mu-
gissante pousse à coups d'effrois fantômatiques, à coups de charpentes calcinées et de
rageuses brandes, se précipitent charriant les
plus précieux témoignages des temps qui s'achè-
vent.

L'allégresse désespérée passe dans un tourbillon d'enfer ancien ; elle hurle sa plainte ;

elle maudit l'ouragan qui hâta le malheur
et qui souffle dans toutes les poitrines le râle
final.

L'espoir bouleversé tournoie dans la trombe
de feu.

Il enserre la relique précieuse et peut encore
une attitude de martyr avec des yeux de certitude, fixés au lointain vide. Les parcelles aux
mains des incendiés promettent de prochaines et
vengeresses résurrections. Les revendications
des pontifes dépossédés se mêlent aux menaces
des sanctuaires croulants.

Des cris éraillent les invocations de grand
péril; les foules de placide esclavage, roulées
dans la tempête, parmi les consternations et les
colères, commencent la haine impersonnelle et
formidable, que rythment les ondulantes folies
du cyclone.

La force des flammes, dont frémit le vol épique sur les têtes suscite la clameur du peuple,
l'inconsciente malédiction des habitudes épou-
vantées.

L'anathème de la peur gronde contre le bar-
bare, contre le tyran, l'histrion, le fou sangui-
naire que n'agréa jamais l'amour authentique
du Beau.

Faites jeter tous les vieux rêves au centre

rouge du brasier. Remuez l'ardente cohue des supplices.

Il me faut un ciel de grande tragédie :

je veux chanter !

Mon hymne célèbre la bravoure de mon vouloir.

Le bûcher où flambe la superstition dessine la merveilleuse vicissitude de mon génie. Mon rêve subtilise la matière.

De tous ces sacrifices, de ces tortures, de cette agonie, de ces vengeances éclate le symbole qui propage le geste fulgurant de mon idée !...

arrachez le luth de mes mains, que je puisse déchirer le cilice d'améthyste :

j'ai voulu chanter la création de mon esprit ;

j'ai rendu l'hommage à l'idole que je tue :

je vois dans les sursauts de sa douleur des torsions inconnues ; du monde en feu surgissent des demains, des auréoles qui s'irradient, plus violentes que les soleils, des spectacles de prodigieuses et sanglantes montagnes, de gouffres plus luisants et plus violets que nos nuits. Des fois, des évidences ardent que mon pressentiment n'a pas suggérées. Des avenirs inexplorés déploient leurs promesses radieuses.

Ma victime m'impose de l'adorer en l'immolant ; j'esquisse un holocauste dérisoire auquel pérore mon absurde adoration.

Il faut que tous les fantoches recommencent la rengaine prescrite pour que soit vaine la suprême tentative de mon habitude maudite, pour que s'ironise mon hommage au fétiche parasitaire.

A la dernière heure de passion, l'amant déchire la vie épuisée de l'amante ; il arrache les lambeaux de chair ; et, dans la mort béante de son amour, expire son dernier spasme ;...

Je veux que tous mes courtisans clament l'espérance de la ville nouvelle que j'ai promise ; je dois survivre à l'étreinte qui râle pour le triomphal devenir !

Tous les masques rebelles refusent le cri de futur.

De toutes les gueules fatidiques sort l'épouvantable *idem*. Toutes les voix hurlent ce mot dans ma tête. L'écho de mon esprit est façonné par tout le passé d'où je viens ; l'unique vibration ne peut provoquer un autre verbe.

Mes vraisemblables cellules, qui ont hérité leur mouvement du préexistant moteur, mon âme possible que détermine la force qui fut, toutes les grimaçantes visions qui tournent dans mon cer-

veau ; un cloaque où se mêlent les résidus des
millénaires pensées, les rictus dénombrés qui
excorient le bric-à-brac jettent le mot définitif ;
idem ! Idem partout dans ma tête !

allons, ravivez l'ardeur de la grande Rose,
recommencez le chant positiviste, élargissez
votre ironie,

allons, agrafez sur moi l'habit rouge, l'habit
rouge du grand tourment,

remettez sur mes cheveux le stigmate noir de
Hamlet,

un cri d'orgueil encore pour avoir vibré d'impossible,

et j'étouffe.

CHAPITRE IV

L'ÉTOUFFEMENT.

Pierre sortit du bric-à-brac ; l'expérimentation était accomplie.

Il songea mécaniquement à l'amitié sépulchrale de sa chambre. Le geste désenchanté du retour se heurta à l'appareil carnavalesque des prétentions obstinées ; Pierre dut subir le rappel vivant de la vieille obsession, le dernier refrain de la mascarade :

l'hallucination sanglante voile le ciel de sa quotidienne magie ; les nuages se façonnent en monstres rouges sous l'ordre rayonnant du maître ; la tyrannie du soleil traîne sa pourpre sur le fleuve.

Vers le triomphe, l'adoration servile des reflets monte de tous les orgueils terrestres. L'artifice suprême du soleil ravive l'effronterie des pourritures. La vie flamboie sous la pourpre défroque des voluptés célestes. Sur les rues neutres, sur les casernes accroupies, sur les yeux des casernes accroupies, sur les arbres mordus de passé, sur les êtres chétifs l'or éparpille sa gloire inusable.

Les avenues, sales de boue et de passants, roulent l'émoi houleux de la décadence adulée. Les arbres brûlent comme des candélabres et vibrent au pressentiment du baiser sanglant, là-bas où les forêts accueillent silencieusement le rut identique. La lumière généreuse accorde des luxes aux palais ; les coupoles s'enrichissent selon le souvenir des fastueux couronnements ; les portiques resplendissent ; les colonnades dressent la réminiscence de la majesté des Rois ; vers les péristyles officiels, se courbe l'ombre du respect, ardente et recueillie, comme à l'heure sacrée des septembres anciens. Les épaves des galas surgissent ; la cabrure figée des quadriges exécute l'ornement merveilleux de la légende toujours usitée.

Les statues glacées se raniment ; les divinités des places publiques, les sylvains des squares et les naïades des ruisseaux, tous les lares de la ville ressuscitent au bonheur mythologique.

Et lès conventionnelles parures des sociétés: les grands prix d'honneur, d'harmonie, de vaillance, de science, de beauté, décernés dans la joie lamentable des fêtes civiques par les rivaux généreux, les disciples imprécis, les indifférents salariés, pour le mensonge d'une leçon éthique à l'inconsciente populace, les toges, les redingotes symboliques, les rêves incarnés, les crânes, les livres de bronze, les mouvements calculés de violence lyrique, les paroles d'airain se nimbent de trompeuse et pathétique vraisemblance.

La foule commémorative, pour contempler la joie rigide, celle des périodiques souvenances, et la cavalcade des pantins favoris, le grand spectacle et les admirateurs se précipitent à la rengaine de l'hymne rouge.

Les loques officielles, les anomalies classiques des esthètes, les soyeuses et précises formules des inventions séculaires fleurissent les charpentes qui affirment leur provisoire à chaque folie de la cité.

La *bête* frémit une fois de plus. Toute sa vigueur durcie hurle d'ondulants et rauques désirs. Les remous de ses chairs envahissent les tribunes. La foule des privilégiés grouille en étalage somptueux : des souvenirs mutilés se rassemblent du fond de quelques décrépitudes blanchies, pour tenter une leçon baroque de respect que confirme le dogmatisme enthousiaste du

soleil ; les barbes d'impuissance se raniment ;
des reflets de sang jettent l'éclat de l'unique
puissance sur le calme digne et argenté des
croyances. Les vigueurs velues qui souillent de
leur pensée l'oubli et le silence, les gueules tu-
méfiées par la profanation de l'absinthe odorante, dispensatrice des ivresses stupides et
lourdes, les machines à libations, à banquets, à
louanges, les hasards en forme et les fatigues
décorées, tout l'effort lent, le profil en bas-relief
du labeur social, avec de grasses magnificences,
les gestes à glaise apothéotique, toute la virilité
des esclaves cellulaires encombre l'allégresse
préparée des tréteaux.

L'indispensable et svelte promesse des hérédités dociles, la confiante passivité des descendants,

la projection mécanique du passé sur l'illusoire blancheur du temps se mêle au tumulte
des formes.

La *bête*, dont l'inéluctable biologie règle la
furie, roule sa chair, la convulsion de sa chair
bruyante, — du rouge et des hoquets dans les
rues.

Là-bas, de l'occident, la cavalcade dévale que
projette le soleil immuable.

L'éclat rouillé d'une vieille musique anime le
cortège selon le rythme nécessaire. La fête de

pourpre se traîne comme l'immense éploiement
du luxe précrépusculaire et le maître des ardeurs tintamarresques, des joies hurlantes, luit
dans sa majesté sempiternelle. Il jette au baiser
des adorations béantes l'habituelle pâture de
bonheur. La mécanique-enthousiasme accomplit
une fois de plus la rengaine de son épopée.

après les courtiers de fête que provoque la
République et que marquent les insignes de la
puissance régulière, s'avancent des fanfaronnades
de cuivre et d'acier, des bravoures lumineuses
de sabre, des victoires idiotes, des victoires ac-
crochées au bout des hampes blessées, des victoires tenaces, dorées ;

des félonies de dagues rouges de nacre comme
de souvenirs lunaires des nuits tragiques, des
mêlées tumultueuses de piques, de fer, de casse-
têtes sur des morions bosselés, de masses d'arme
sur des moignons d'acier ; des ivresses stupides
de casques sous la caresse du panache vain ; la
mauvaise gloire des poitrines gonflant les cui-
rasses damasquinées, les larges étreintes des fers
bleuis ; les chants classiques des olifants, la fanfare, l'obstinée fanfare des clairons de guerre,
des bravaches hurleurs aux heures de crime ;
l'hypocrite sveltesse luxueuse des mousquets,
des flèches, des lances ; des brutalités effrayantes
de canons, de bombes, d'obus ;

l'écho de la course tragique sur les terrains
vagues des Ilions lointaines ; les cris des bou-
cliers dans l'émoi bravache des champs clos,
sous la claire cruauté des bleus regards fleurde-
lysés ;

des orgies de feu, des vengeances et des douleurs râlantes, l'impersonnel courage des brutes
modernes ;

et des ombres déformées d'empereurs que pro-
tègent les aigles éployées des légendes d'or.

Le plagiat sinistre, battant les rues de sons
familiers, passe ; les baïonnettes fusent des
orgueils anachroniques.

Au chant cuivré de la cantilène, un frisson cingle les vanités spectatrices érigées en belliqueuse
parodie que bafoue l'inharmonique bonhomie
des redingotes. La pantomime militaire, dessinée
au cortège par les salariés, s'accomplit, monstrueuse et obscure dans le peuple :

les hommes raniment leur barbarie atrophiée ;
les narines frémissent, frôlées de rêves ou de
souvenirs sanglants, les muscles se tendent, la
haine jaillit brève : une réminiscence en des yeux
lourds. Les femmes appellent de tout leur corps
le viol douloureux ; l'angoisse, ridicule hors de
la conquête et de l'incendie, s'apaise aussitôt,

tandis que meurent les piaillements des canailles enfantines.

La beauté guerrière est passée. L'acclamation nationaliste, l'ardeur suscitée des sauvageries naïves s'affaiblit jusqu'au fondamental murmure qui affirme la vie de la foule.

Après la fantaisie brutale de la force inconsciente commence le pastiche avoué de l'acte social. La procession se prolonge en vibrantes reprises dans chaque parcelle humaine.

La puissance officielle écarlate le début triomphal ; le sceptre rutilant propage l'ordre indiscuté des lois positives ; le mannequin impose l'immémoriale draperie que s'attribuent les empereurs et les républiques.

Autour de la majesté immobile, lourde d'histoire et de contes, anonyme pour les nécessités de la synthèse, informe pour être universelle, autour du maître s'accroupissent les vivats dénombrés : en peaux de courtisans et de fous, de favorites, de valets, de maquignons, de généraux, de cuisiniers. Les mendiants de force exaltent la tyrannie facile sur ces prostrations.

La populace admire : tous agitent l'imaginaire hochet ; des ordres rauques et brefs s'offrent à leur mémoire ; des justices abusives

10.

apparaissent, des sentences acquises et des expiations féroces, illogiques. Les volontés, en crise, exploitent tous les ferments. Le monstrueux pouvoir incite aux gencives la férocité des bourgeois ; et, quand l'habile honte des parasites se courbe derrière le souverain, les pauvres individus, tous les émois impériaux qui ardaient sous le brûlant exclusivisme par le feu et le bon plaisir, tous les endimanchés offrent à leur faste dominical les inerties dorées, les indifférentes et paisibles passivités, où germent les joies irresponsables.

Longuement défilent ainsi les morceaux choisis exhumés pour le goût du jour :

Des pioches jaillissent sur un fond rustique ; sur la houle sombre des labours se dessine la pioche par dessus l'épaule de l'ilote — et de surgissants éclairs de volonté laborieuse illustrent la foule.

Les compagnies banderollées, les sociétés, l'être troublant des collectivités précises s'affirme — et chaque spectateur rayonne de solidarité ;

une création, un bloc social s'agite lourdement !

un monstre fait d'humains liés ensemble par l'or diffus de l'amour.

Des espoirs chimiques annoncent la preuve
hâtive et salutaire — et toute la matière, formi-
dablement, frémit d'être une vérité objective.

Au passage des fantaisies contradictoires, un
rire tord le juste contour des lèvres; une convulsion qui s'apaise au recommencement logique.

Le rayon, l'émanation rouge, le refrain solaire
s'allonge indéfiniment vers le crépuscule ;
et tous les hommes essaient le geste de l'astre
dont l'immense réalité luit dans la clamante
gloire du ciel.

Le soleil élargissait sa puissance pour accaparer tout l'humain...
C'est le despote inéluctable, on doit marcher,
dans le sillon indéfiniment identique, vers le
crépuscule...
La *Brute*, soudain rappelée de l'antérieure
malédiction, apparaît :
peut-être le signe du nouveau, hors des lignes,
des couleurs, des sons,
l'entité du devenir aformaliste,
la promesse d'inertie libératrice,
l'oubli !

Mais l'interprète magnifie cette apparition sur
la familière majesté des cimes trop explorées ;

il l'anime de cette tempête qu'elle devrait
étouffer ;

elle n'est pas l'émancipée neutre et rigide que
les émotions surannées ne tordent plus ;

elle n'est pas le joyau, heureusement dépoli
par l'usage séculaire, et qui ne sait plus le
reflet :

elle est l'esthète prœstagiaire, en lointaine
puissance de l'implacable Beau.

La Brute passa dans la clameur du soleil !

L'évolution écarlate se spiralisait vers la
suprême conscience de Pierre ; le tourbillon
incandescent enveloppait son angoisse agonisante ; la fatalité rouge s'imposait à son idée ;
les subtilités sanglantes imprégnaient tous les
pores de son être ;

dans l'éther brûlant de haine, dans la fusion
des enthousiasmes reniés, dans la tradition
triomphale, dans l'apothéose inlassable et maudite,

la vie de Pierre s'arrêta.

FIN

TABLE

Cet ouvrage a été achevé d'imprimer
Le Vendredi 13 Décembre 1901
Par F. DEVERDUN, à Buzançais (Indre)
Pour le compte de La Plume.

www.ingramcontent.com/pod-product-compliance
Lightning Source LLC
Chambersburg PA
CBHW070904030726
47504CB00005B/1453